中华文史故事
第四辑

侠客故事

◎ 张巨才 主编
王国柽 贾璐 编著

中州古籍出版社
·郑州·

图书在版编目(CIP)数据

侠客故事/张巨才主编. —— 郑州：中州古籍出版社，2019.1
(中华文史故事)
ISBN 978-7-5348-7010-1

Ⅰ.①侠… Ⅱ.①张… Ⅲ.①历史故事-作品集-中国 Ⅳ.①I247.81

中国版本图书馆 CIP 数据核字(2017)第 078144 号

出版社：中州古籍出版社
(地址：郑州市经五路66号 邮政编码：450002)
发行单位：新华书店
承印单位：河南瑞之光印刷股份有限公司
开本：640mm×960mm 1/16 印张：15.75
版次：2019年1月第1版 印次：2019年1月第1次印刷

定价：28.00元
本书如有印装质量问题，由承印厂负责调换。

目 录

虬髯客传 ·· 1
大铁椎传 ·· 10
秦士录 ·· 13
张大三 ·· 17
老镖客 ·· 19
孙二官 ·· 21
柳敬亭传 ·· 23
专诸刺吴王僚 ·· 28
华元劫和 ·· 51
古押衙自刎撮良缘 ·· 53
秦淮健儿传 ·· 62
女侠 ·· 68
许玉林匕首 ·· 76

| 漆身吞炭 …………………………………… 82
| 神偷寄兴一枝梅　侠盗惯行三昧戏 …… 86
| 聂政 ……………………………………… 114
| 荆轲 ……………………………………… 118
| 僧侠 ……………………………………… 127
| 车中女子 ………………………………… 131
| 潘将军 …………………………………… 135
| 田膨郎 …………………………………… 138
| 聂隐娘 …………………………………… 141
| 红线 ……………………………………… 147
| 甘凤池 …………………………………… 153
| 剑侠传 …………………………………… 161
| 漳南侠士传 ……………………………… 164
| 范龙友 …………………………………… 167
| 戴俊 ……………………………………… 169
| 冯婉贞 …………………………………… 171
| 某公子 …………………………………… 174
| 履店翁 …………………………………… 177
| 胡迩光 …………………………………… 179
| 庖人 ……………………………………… 181
| 清江女子 ………………………………… 184
| 勇武之士易甲 …………………………… 187

昆仑奴 …………………………………………………… 188

秦大和秦二 ……………………………………………… 192

范雎入秦 ………………………………………………… 196

莫郁 ……………………………………………………… 201

三山和尚 ………………………………………………… 203

嘉定老人 ………………………………………………… 205

白太官 …………………………………………………… 208

周处 ……………………………………………………… 213

侠妓 ……………………………………………………… 215

剑仙聂碧云 ……………………………………………… 217

辽东客 …………………………………………………… 225

姜千里 …………………………………………………… 229

蒋志善 …………………………………………………… 243

侠客故事

虬髯客传

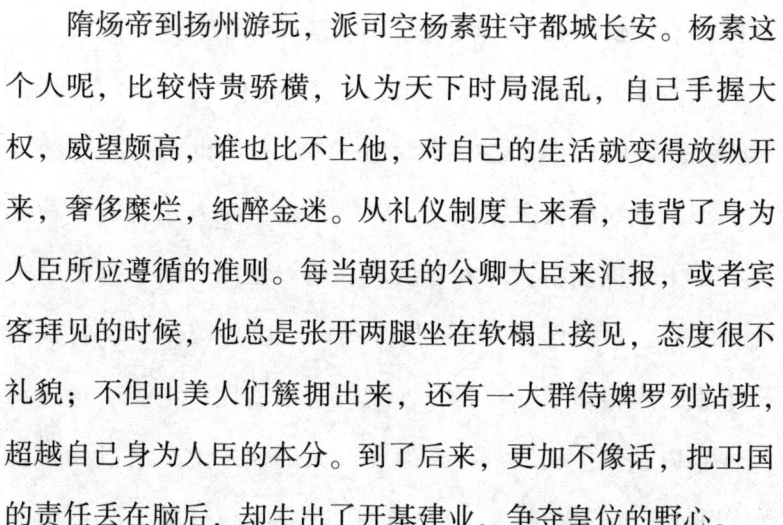

　　隋炀帝到扬州游玩,派司空杨素驻守都城长安。杨素这个人呢,比较恃贵骄横,认为天下时局混乱,自己手握大权,威望颇高,谁也比不上他,对自己的生活就变得放纵开来,奢侈糜烂,纸醉金迷。从礼仪制度上来看,违背了身为人臣所应遵循的准则。每当朝廷的公卿大臣来汇报,或者宾客拜见的时候,他总是张开两腿坐在软榻上接见,态度很不礼貌;不但叫美人们簇拥出来,还有一大群侍婢罗列站班,超越自己身为人臣的本分。到了后来,更加不像话,把卫国的责任丢在脑后,却生出了开基建业、争夺皇位的野心。

　　一天,李靖当时以一个平民的身份前去拜见杨素,并向他献上安邦治国的计策。杨素呢,依然故我,张开两腿接见他。李靖上前拱手行礼,说:"目前天下混乱,英雄豪杰层出不穷,都想乘机起事,您身为皇家重要大臣,应该以网罗天下豪杰为目的,不应该如此张开腿接见宾客。"杨素立刻站起来，脸上显出恭敬的神色，向李靖谢罪，与之交谈，大为赞赏，采纳了他的计策，李靖方才告退。当李靖和杨素滔滔不绝议论之时，有一个长得特别美丽的歌姬，手中拿着一把红色的拂尘，站立在庭前侍候。她独个儿盯着李靖，看得出了神。等到李靖离去之后，她靠近临窗的长廊对着书吏问："请问刚刚离去的那个士子在家中兄弟辈中排行第几？家住何处？"书吏都一一回答了，歌姬则口里念叨着不舍而去。

李靖回到旅馆安歇后，当天夜里刚交五更之时，忽然听到门外有人低声敲门。李靖起来问是谁，原来是一个戴帽的紫衣人，用竹杖挑着一个口袋。"你是何人？"对方回答："妾是杨家那个手持红拂的歌姬。"李靖立即起身邀请她入内。那个歌姬脱去衣帽之后，竟然是一位年方二八的美丽佳人，面上不搽脂粉，穿着彩绣的衣服，她向李靖下拜。李靖慌忙答拜，这歌姬说："妾服侍杨司空已经很久了，看到的天下人才也很多了。可是我发现没有谁能比得上您。菟丝和女萝难以独自生长，都得寄生在高大的树木上，所以我来投奔您啊！"李靖忙问道："杨素在京师位高权重，况且他的耳目一定很多，你到我这儿来，他不会不知道，这可怎么办？"红拂女非常自信地回答："杨素不过是一具行尸走肉，比坟墓里的人只多一口气，没有什么可怕的！我的伙伴们都知道他成不了大事，逃走的也不少，可是他并不追查。我已经仔细考虑过这件事，希望您不要为此而担心。"

李靖仔细询问了她的姓氏及家庭情况,红拂女答道:"妾姓张,在家排行最大。"再看她的状貌、仪态、谈吐、性情,真跟天仙无二。李靖万万没想到自己无意中会得到这样一位红颜知己,心里越想越是高兴,又越是害怕,一眨眼的工夫,各种各样的念头起伏不定,一步不停地跑到门口探望。过了几天,也听到杨府正在追寻张氏的消息,可是风声并不怎么紧急。于是,他们穿戴得整整齐齐,骑着马,冲出旅店的门,打算回到太原去。

路上,他们住宿在灵石的一家旅店里,把床铺安排好,炉子上煮着的肉也快熟了。张氏站在床前梳头,李靖则正在洗刷马匹。忽然有个汉子,中等身材,满脸火红的络腮胡须,骑着一头驴子,慢腾腾地走进旅店来,下了驴,把一个皮口袋扔在驴子前面,拿过枕头斜靠着,躺在床上看张氏梳头。李靖十分生气,正想发作,又按捺下去,仍旧洗刷马匹。张氏仔细看那汉子的脸色,便一只手握着头发,一只手遮在身后摇摆,对李靖示意,叫他不要发作。她急忙把头梳完,向那位汉子整衣行礼,请教尊姓。那躺着的客人回答:"姓张。"张氏就说:"我也姓张,该是妹妹了。"立刻对他下拜,又问他排行第几,对方回答:"老三。"接着他问张氏是第几,张氏说"最大",那汉子高兴地说:"今天碰上大妹,真是巧得很!"张氏就对院子里喊道:"李郎快来见见三哥!"李靖进来行礼相见。

三个人围坐在一起。客人问:"煮的是什么肉?"李靖说:"羊肉,估计已经熟透了。"客人说:"正好肚子饿了。"李靖出去买了些烧饼来,客人抽出佩在腰间的短剑,切了肉,三个人一同吃。吃饱了,还有剩肉,客人拿来胡乱切碎,送到驴子前喂它,那驴子吃得很快。客人说:"我看李郎的行动,好像是个穷书生,怎么会得到这样一位出色的人呢?"李靖说:"我虽然穷,但也是个有心人,要是别人问起,当然不说,如今兄长相问,却不敢隐瞒。"便把经过情形一五一十地说了。客人说:"那么,你们打算到哪里去呢?"李靖说:"打算到太原去。"客人说:"这样看来,我可不是你要投奔的人了。"又问:"有酒吗?"李靖说:"旅店西首,就有一家酒铺子。"李靖去打了一斛酒来,斟过一遍酒之后,客人说:"我有一点下酒的小菜,李郎也能够赏光吧?"李靖忙说:"不敢当。"客人就打开那皮口袋,拿出一个人头和一副心肝来,把人头仍旧放回口袋里,拿短剑把心肝切碎,做下酒菜,说:"这是个最忘恩负义之人。我早已义愤填膺,都有十多年了,如今才把他干掉,心头的恨意总算消了。"接着又说:"看李郎的仪态气度,真是个大丈夫,你可曾听到过太原有特殊的人才吗?"李靖说:"我曾经认识一位,照我看有帝王之相,而其他人不过是将帅一流罢了。"客人问:"那位姓什么?"李靖说:"跟我是同姓,也姓李。"又问:"年纪有多大?"李靖说:"只有二十来岁。"又问："现在是干什么的？"李靖说："是太原留守的儿子。"客人说："看来也许就是他了，我也想见见他，李郎能够设法让我跟他见一面吗？"李靖说："我有个朋友叫刘文静，一向跟他熟不拘礼，只要通过文静，就可以见到他，可是兄长到底是什么意思呢？"客人说："望气的人说太原一带有'王气'，叫我去查访一下。李郎明天动身，哪一天可以到太原？"李靖计算了日期，客人说："你到达太原的第二天，天亮的时候，在汾阳桥等我。"说完，跨上驴子便走，那驴子跑得飞快，一掉头就看不见了。李靖和张氏又是惊又是高兴，好一会儿才说："好汉不会叫人上当。用不着顾虑什么。"他俩并马挥鞭，也离开了灵石旅店。

在预期的那天，果然在太原又碰见了那位客人，李靖很高兴，就陪伴他到刘文静家，向刘文静谎称："这一位会相面，想要看看公子，麻烦先生邀请他来见一见。"刘文静一向以为李公子了不起，如今听说客人会相面，马上差人去邀请。差去的人刚一回来，那位公子也马上到了，他的穿着打扮很随便，没有正式的袍服和靴子，敞开着皮衣，迈步进来，很是神气，看外表就和常人不同。虬髯客不作声，坐在末席，见到了他，佩服得五体投地，喝了几杯酒之后，招呼李靖过去，说："确是个真命天子啊！"李靖把这话告诉了刘文静，刘文静也更加高兴，认为自己眼光很不错。

酒散宴罢，大家彼此告辞以后，虬髯客告诉李靖说：

"你这位公子很有帝王之资,我已经有十之八九的把握了,可是还得让我的道兄见一见。李郎应该再跟大妹到西京去。在去之前的那天午时,到马路东一家酒楼找我,只要看到酒楼下面有这头驴子和一头瘦驴,我跟道兄就在楼上,你立刻上楼好了。"说完就和李靖分手告别。

到了约定那一天,果然在酒楼下看到两头驴子,李靖撩起袍角,大步登楼,看到虬髯客在跟一个道士对饮。他俩见了李靖,又惊又喜,邀他坐下一起痛饮。酒过三巡,虬髯客才嘱咐说:"楼下柜子中有钱十万文,可供用度。你找一个幽深稳妥的地方,把大妹安顿好,来日再和我们在汾阳桥会面。"几天之后,李靖如期赶去,道士和虬髯客早已经在那儿等候多时了。李靖就带他俩去见刘文静,刘文静正在下棋,双方行礼入座,便攀谈起来。等刘文静知道了来意,就写了张便条,请李家公子来观棋,然后道士和刘文静对棋,虬髯客和李靖陪坐在一旁。过了一会儿,李家公子来了,他身上那股英锐之气叫人一见倾心,只见他拱手行个礼坐了,真的是神气爽朗,满面生风,两眼炯炯生辉,令旁人自惭形秽。道士见了,脸色惨淡,放下棋子说:"这一局全输了,就在这一着上失败了!救也没路了,唉!还有什么话好说呢?"停下棋便告辞了。

三个人走到外边,道士对虬髯客说:"这天下不是您的天下了,找其他地方去发展吧!希望你好好努力,别再把这件事挂在心上！"又谈起李靖到西京去，虬髯客说："计算李郎的行程，某日可以到达西京，到达的第二天，请你和大妹到我府上来找我。李郎有大妹陪伴着，只是生活清苦，我想让我妻子跟您两位见见面，随便谈谈家常，请千万不要推却。"说完，连声叹气走了。

李靖骑马回去，不久便到了西京，跟张氏一同到约定的地方。抬头看见一对小板门，敲了几下，有人开门出来迎接，恭敬地下拜说："奉三郎命，恭候李郎和大娘子已有好一会儿了。"邀请他俩进了门，走了好几道门，一道比一道高大。丫鬟四十人，整整齐齐排列在院子里，又有奴仆二十人，引导李靖和张氏走上东厅。再看厅上的陈设，珍贵奇异到了极点，巾箱、妆奁、铜镜、首饰精美贵重，都不是普通人家的东西。又请他俩梳洗装扮，更换衣服，衣服又珍贵奇异。一切停当之后，便听得连声传呼："三郎来了！"只见虬髯客头戴纱帽，敞开皮衣，龙行虎步地走了出来，大家相见，高兴得不得了。虬髯客忙叫自己的妻子出来跟李靖、张氏会面，他的妻子貌若天仙，出落得俏丽至极。接着，大家一路说笑地来到中堂，大开宴席。堂上的陈设，宴席上的金盘玉盏、山珍海味，恐怕连王侯府第里也无法与其相比。四个人入席以后，又摆出一支由二十名女子组成的乐队，在前面演奏助兴，所演奏的好像是天上的乐曲，而不是人世间的音调。

宴会完毕，又敬过酒，只见家人从厅堂东抬出二十张床榻来，上面用绣花的绸帕遮盖着，等到这些床榻全放好，揭掉了绸帕，才看到床上都是账簿、钥匙一类的东西。虬髯客便对李靖说："这里都是金银财宝的账目。我的家产，如今一股脑儿都送给你了，请你别惊异，我本来是想在这里做点事业，准备逐鹿中原，干它二三十年，建立起一番基业来。现在江山已经有了主人，再住下去还有什么意思呢？太原李氏，真是个英明的人，不出三五年，天下就可以太平。李郎凭卓越才能，来辅佐太平的天子，尽心竭力，一定能成为数一数二的人物。大妹有着天仙一般的容貌，怀着世间难得的才艺，一定会跟丈夫飞黄腾达，荣华富贵享受不尽。没有大妹，就不能赏识李郎；没有李郎，就难以荣耀大妹。要知道圣君的兴起，必须有贤臣的辅佐，这正像预定好的一样。风从虎生，云从龙起，这可不是偶然的事情，我赠送的一点儿财产，正好用来帮助真命天子建功立业，希望你们努力吧！十年之后，要是听到东南几千里外有大事发生，那就是我得志成功的时候，大妹和李郎可以向东南举酒祝贺。"又叫童仆们一齐向李靖下拜，吩咐说："李郎和大妹就是你们的主人了。"说完，和他的妻子带了一个奴仆，骑马走了。几步之后，就看不见了。

　　李靖得了虬髯客的产业，成为豪门富户，用这财力来帮助李世民起义创业，到底统一了天下。贞观十年，李靖在朝中担任左丞相，主持国政，正好南蛮送来奏章说："有海船上千艘，大军十万人，攻进了扶余国，杀死了国君，建立新王朝，局面已经安定了。"李靖看了，就知道是虬髯客成功了，回到家里，告诉了张氏。夫妇俩穿了礼服，面向东南方下拜，洒酒在地，表示祝贺。

大铁椎传

大铁椎,不知是哪里来的人。北平人陈子灿到河南看望兄长,途中顺便拜访了宋将军,在他家里遇见了大铁椎。宋氏是怀庆青华镇人,特别擅长剑术,七省许多子弟都来向他求教,因为他体魄雄健,所以人们都称他宋将军。他有一个弟子叫高信之,也是怀庆人,不但力大无穷,而且精于射箭。高信之比陈子灿大七岁,年轻时两人是同学,所以曾经一同拜访过宋将军。当时在座的还有一个客人,吃起饭来狼吞虎咽,容貌也很古怪,右肋夹着一个大铁椎,有四五十斤重,饮食、作揖都不见他拿开,铁椎柄上缠绕一串链子,解开有一丈长。这个怪人不苟言笑,很少见他说话,口音有些类似楚音。有人打听他的姓名、籍贯,他都不回答。后来和他同住在一起,半夜时,只听这个客人说"我走了",说完就不见了。陈子灿看门、窗都是关闭着的,异常惊异,便询问高信之。高信之说:"这个客人刚来的时候,既不戴帽子,也不穿鞋，反而用手巾裹头，用白布缠脚，除了一个大铁椎外，一无所有，但他的腰间却时常挂着白银，我和将军都不敢问。"陈子灿睡着后再次醒来时，发现那个客人已经酣睡床上多时了。

有一天，那位奇怪的客人辞别宋将军说："当初我听说您的名声，认为是天下豪杰，今日一见，却不足用，我要走了。"将军强留，他说："我曾夺取许多强盗的东西，不顺从的人就杀掉；他们邀请我做他们的首领，我又不答应，因此非常仇恨我。我在这里待的时间久了，一定会殃及你们。今晚半夜之时，他们和我约定在某地决斗。"宋将军欣然表示："我骑马带箭前去为您助战。"客人说："千万不要这样，强盗们武艺很高，况且他们人多势众，我要是保护您，就不能痛快淋漓地大战一番。"宋将军本来就很自负，况且又想看看客人的行动，坚决向客人请求一起去，客人不得已，只好答应。

两人将到目的地时，客人送将军登上一座荒废无人的堡垒，说："您只在此观看就行了，千万不要出声，别让强盗发现了您。"鸡叫月落，星光照着空旷的原野，百步以外都可以看得见人。客人骑马飞奔而下，吹响号角，不一会儿，有二十余名强盗骑马从四面八方云集上来，有一百多名步行随从背负弓箭环绕。一个强盗提刀纵马直奔向客人，客人大喊着挥舞起铁椎，那个强盗便应声落马，马头都被打碎了。

众贼一拥齐上，客人从容挥椎，杀得人仰马翻，死了三十多人。宋将军屏住呼吸观看，吓得张口结舌，大气不敢出。忽然听见客人大呼一声"我去矣"，只见地面黑尘滚滚，东向而去，此后再也不曾看见他出现过。

秦士录

邓弼,字伯翊,秦地人,身高七尺,两眼一开一合像闪电一样明亮有神,目光威严而锐利,以力大无比称雄一时。有一次,邻家的两头牛正斗得难解难分,他朝牛脊梁骨上猛击一拳,牛立刻骨折倒地。市门旁有一个石鼓,十几个人都难以抬动,他却用双手搬起来行走。但邓弼有一个毛病,他好撒酒疯,醉酒后就凶狠地盯着人看,人们见了赶快躲避,都说:"这是个酒疯子,不可接近,走近了一定会倒霉!"

有一天,他独自一人在酒楼上饮酒,见肖姓和冯姓两个书生从楼下经过,立刻把他们强拉上来共饮。两个书生平时很看不起他,就拼命拒绝。邓弼大怒:"今天你们如果不听我的,我就一定要杀死你们,然后逃到深山大泽中去,我绝不能忍受你们的无礼。"两个书生不得已,只好同意。他自己占了中间的座位,指着左右两边拱手让两个书生坐下,然后一面喝酒一面大声唱歌来取乐。畅饮之后,他解开衣襟,又开两腿坐着,拔出刀来嘟嘟响地扔在桌上。两位书生早就听说他经常借酒使性,想离席而走,邓弼阻止说:"不要走,对诗书我也略知一二,你们何至于像鼻涕唾沫一样轻贱我?我今天请你们来喝酒,只是稍稍出出心中不平之气罢了。经、史、子、集,你们随便问,我如果答不上来,就用这把刀抹脖子。"两个书生说:"真是这样吗?"就从七经中摘出几十处文义考问他,邓弼引用有关的传和疏,一字不差。两位书生又询问他历代史事,从古至今三千年,他洋洋洒洒如串珠一般滚滚而出,然后笑着说:"你们服输了没有?"两位书生互相对视,神情显得很沮丧,不敢继续发问了。邓弼拿过酒杯,散乱着头发边跳边叫:"我今天压倒儒生了,古人读书为的是培养浩然正气,可今天的人一旦披上了儒者的衣服,却反而半死不活,只想以舞文弄墨来轻视世上的豪杰,那怎么能行呢?这下子你们完蛋了!"两个书生日常以博学多才自诩,听了邓弼的话,大为羞愧,下楼时,几乎连脚步都迈不开了。回家之后询问与邓弼交往的人们,都说从未见他夹着书本吟咏过。

　　泰定末年,德王在西御史府任职,邓弼写了长达几千字的札子放在袖子里去拜见他。守门的仆役不给他通报,他喊道:"你们不知道关中有个邓伯翊吗?"说着挥拳接连击倒了数人。吵闹声传到德王那里,德王让仆役把他扭送进来,要用鞭子抽他,邓弼怒气冲冲地说:"大人为什么不礼遇豪杰之士？现在虽说是天下太平了，可东海岛国上的蛮夷之邦，还未曾向我们称臣。他们不时驾着海船，在宁波一带做买卖，如果不能满足他们的要求，就杀人放火，无恶不作。我国的将军张弓搭箭，追到大洋，又且战且退，这太有损国家的威望了。西南方的各个蛮邦，虽说向我们称臣纳贡，但他们的首领乘着帝王的车子，与我们中国一样自称皇帝，这尤其是有志之士所不能容忍的。如果真能有像我邓弼这样的一两个人，率领二十万强兵，磨好利剑征讨他们，那么无论东面还是西面，凡是太阳出没的地方，就都是我们的国土了，大人为什么对豪杰不能礼遇呢？"在场的大小官员听了，都惊得目瞪口呆，半天说不出话来。德王说："你自称豪杰，能手持长矛呐喊着前进、登上坚固的城墙吗？"邓弼说："能。"又问："在百万大军中能刺死敌方的大将吗？"邓弼说："能。"再问："突破包围击溃敌阵时能保住自己的脑袋吗？"邓弼说："能。"德王看看手下人说："姑且试试他。"问他需要什么，他说要一匹好马，一副铠甲，雌雄宝剑各一柄。德王立刻命人赐给他，又暗中布置了精于枪法的士兵五十人，骑马赶到东门外面；然后让邓弼出东门，德王亲自观阵，大小官员全都随之观战。等邓弼一上阵，几十支长矛一齐向他刺去。邓弼像猛虎一样大吼一声飞奔而来，长枪手们吓得面无人色，倒退了五十多步。一会儿，烟尘遮天蔽日，只见邓弼的两把剑好像在云雾之中飞舞着，接连砍得马头纷纷落地，鲜血直淌。德王拍着大腿高兴地说："真是豪杰！真是豪杰啊！"下令举酒慰劳他，邓弼站着喝酒，并不拜谢。从此，他名震一时，人们甚至把他比作王铁枪。德王上奏章把他举荐给皇帝，可正赶上丞相与德王有矛盾，把他的事搁置起来不予上奏。邓弼上下看看自己的四肢慨叹道："可惜这天生一副钢筋铁骨，不让他到万里疆场上去为国立功，却老死在三尺蓬蒿之下，这是命啊！也是我生不逢时，时运不济，还有什么好说的呢？"于是他进入王屋山中做道士去了，十年之后就默默地死去了。

张大三

无锡人张大三，名叫定邦，是嘉庆丁卯年的武举人。人们因为他在家中兄弟排列老三，并且身强体壮伟岸，身高六尺，巍巍然如同巨人，所以称其字曰大三。在武场考试，他在飞奔的马上引弓待发，马骤然跃起，大三被颠了下来。只见他立刻跃起，抓住马尾，借力跳上，瞬间工夫，马已靠近猎物——一只大鸟，大三仓促间来不及挽弓，急忙抽出箭夹在指间，用力一甩，箭正中标。主考官以下的人，目睹此情景，满座皆惊，把他排在最高位。从此大江南北，没有不知道大三的，大三也很自负。后来他赴兵部考试，到天津，住在一农家。其主人是一位八九十岁的白发苍苍的老翁，带有一个幼小的孙儿为伴，知道来客是当朝武举人，姓张，从江南而来，于是询问："君姓张，又是江南人，难道不认识无锡张某？张某是神勇之人！"因而啧啧称道大三的武艺马射之事。张大三心下十分高兴，想要自己承认，突然瞥见老翁住宅附近有一大石磐，直径有丈余，他的小孙儿戏嬉着推玩，隆隆之声不绝于耳，推了三圈后力尽了。老翁笑着对张大三说："小孙儿肌骨柔软脆弱，终究不济事。我年龄虽然很大了，但还可姑且卖卖匹夫之勇。"站起来推石磐十圈，而神色自如。大三心怯，怕石磐巨大，恐力所不及，不敢试。等老翁携其孙儿走了，跃起推之，石磐如生根一般，纹丝不动，心下大为惊讶，私下想道：自己久负盛名，却比不上农家人。如果同燕赵地区的豪杰之士相角逐，能胜利吗？当下就回到江南，不去应试，内心闷闷不乐，后来因疾而亡。

老镖客

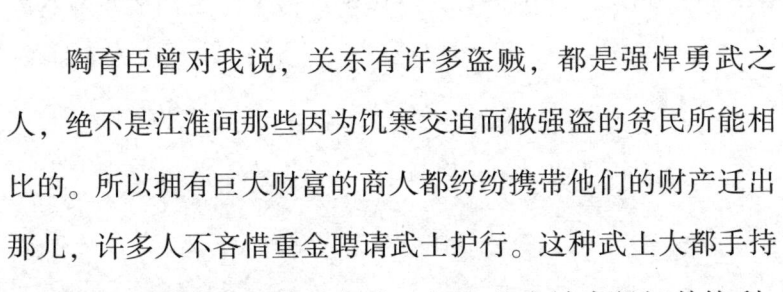

　　陶育臣曾对我说,关东有许多盗贼,都是强悍勇武之人,绝不是江淮间那些因为饥寒交迫而做强盗的贫民所能相比的。所以拥有巨大财富的商人都纷纷携带他们的财产迁出那儿,许多人不吝惜重金聘请武士护行。这种武士大都手持三寸多长的飞镖,用精铁制成,把它的末端磨得极其锋利,在数丈之外就可投掷人,没有不中的,世人称他们为镖客。

　　有一个老镖客,忘了他的姓名,靠此技闯关东数十年,所保护的车辆数目以千辆计。每住宿于外,火炬像火龙一般,骡马百数,客人看着车辆尽已上道,老镖客自己则背负巨囊殿后。强盗们看着车辆颠颠摇摇,知道财物一定不少,想劫取却又不了解老镖客的本事,不敢匆匆忙忙就出阵;仔细观察了几天,猜想他背上所负之囊一定是武器。久而久之,发现老镖客每宿于店,都要仔细检查车辆,然后就独自坐在那儿,取出一堆纸,用手指双叠而裁成条,大小看似不

经意,却个个宽窄如一,随即就在拇、食两指间撮好,搓成捻,一般都是一对一对的,五十对为一束,做好了放入囊中,挟着入睡。如此都习以为常,积累起来的有几百束,囊巨大有如牛腰,才知道中间实在没有武器,但却不知它的用途。一天,盗贼在道路上等候多时,邀老镖客相会,发现他从所背负的囊中,撮两个纸捻发出击打强盗,先跑上去的强盗,登时僵在那儿,其余的则不敢上,背负受伤的人避开他从乡间小路走。仔细再看,纸捻中是两个眸子,受伤的人都瞎了。

孙二官

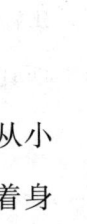

竹塘乡住着一个叫孙二官的人,是一个富家子弟,从小就喜欢拳棒,发狠斗勇。孙二官喜欢脱去衣服,裸露着身体。看见的人说,他的胳膊像棍子一样圆而不扁,他的胸脯又很结实宽博,他的脖颈直而不折,如果学习武艺一定会很精通,是块练武的好料子。

孙二官拜师数人,曾经遇到一位名师。他的师父教他怎样锻炼形体、怎样呼吸吐纳,内功与外力相结合,并用布匹围着他的腹部数十圈而且勒得特别紧,并且告诫他,这种练功方法不能因为睡觉吃饭而松懈,一松懈就前功尽弃。孙二官小心谨慎,时刻不忘师父的训诫,跟随师父勤学苦练三年有余。他只要一鼓气,便可使周身的肌肉隆起成块状。若有人用很大的木棒拍打他,都会被他浑身的肌肉反弹开去。他用腹部贴着墙壁,能够吸着墙壁爬行而不坠地。师父又告诫他说:"你的武功已大为长进,少有与你匹敌的人,但你一定要记住，不要去掉腹间的布匹。"

二官年纪轻，擅长武功，于是很自负骄矜，动不动就与人角斗，没有能打败他的。大伙思考打败他的对策，便激他说："你若是真的好汉，必须解开你腹间白布睡一夜，我们才能服你。"孙二官答应了他们。第二天早上醒来不能振作，急忙赶到师父那儿，经检查，全部的肾精都流下去了，不能止住，故此萎靡不振。师父忙用布缠着他的两个拇指，又上推其腹，才止住，但却不能强壮如初。

柳敬亭传

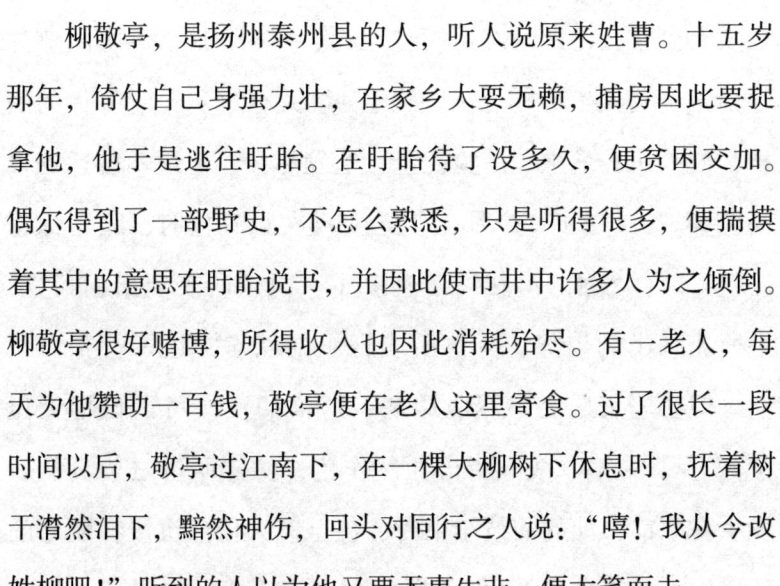

柳敬亭，是扬州泰州县的人，听人说原来姓曹。十五岁那年，倚仗自己身强力壮，在家乡大耍无赖，捕房因此要捉拿他，他于是逃往盱眙。在盱眙待了没多久，便贫困交加。偶尔得到了一部野史，不怎么熟悉，只是听得很多，便揣摸着其中的意思在盱眙说书，并因此使市井中许多人为之倾倒。柳敬亭很好赌博，所得收入也因此消耗殆尽。有一老人，每天为他赞助一百钱，敬亭便在老人这里寄食。过了很长一段时间以后，敬亭过江南下，在一棵大柳树下休息时，抚着树干潸然泪下，黯然神伤，回头对同行之人说："嘻！我从今改姓柳吧！"听到的人以为他又要无事生非，便大笑而去。

二十年后，金陵城中出现一位善说书的柳生，言谈之技吸引很多豪绅、大夫，所到之处常令满座皆惊。认出他的人说："这就是当年过江后在大柳树下休息的人啊！"说书的技艺，先后闻名江湖的，有广陵张樵、陈思、姑苏吴逸、柳敬亭。这四人的演技,各有千秋,不相上下,但只有柳敬亭更加独特。有人问他师从何人,他回答说:"我没有老师,若说有,也只是一个儒者,一个姓莫名后光的先生。"莫先生曾对柳敬亭说:"说书虽然是小技,但它却因为人的性格各异、各地风俗独特而形容万类,因而和儒学并非异道。如果不仔细揣摩研究,可不是一下两下就可以掌握的。"于是柳敬亭退回到家里,养气定性,因不同之物而发音,仔细推敲。一个月以后,他向莫先生请教,莫先生说:"你的演技还没有到家,得继续练习啊!"又过了一个月,再次向莫先生请教,莫先生称赞说:"你的演技大有进步,听了你的演技,使人正襟危坐、满脸变色、毛发尽竖,但还不曾达到最高境界。"又过了一个月,莫先生再次见到他时,脸露惊奇之色,道:"你的演技终于到家了,眼睛所表现出的目光,手所比画出的姿势,身体所表现出的状态,还未曾张口说话,但喜怒哀乐之情尽收眼底,这样的演技可谓传神无比了。"从此以后,观众听得嘿然作色,仿佛所讲之事真的就发生在眼前,他的演技结束时,甚至有人依然沉浸在刚才的环境中,莫先生说:"即使以此而走遍天下,也没有谁能难得住你啊!"

不久,敬亭辞别而去,到了扬州、杭州、吴州,在吴州待得最久,又去了金陵。所到之处,便结交当地的豪绅,与人交谈时,开始不甚诙谐戏谑,然后列举一件往事来作答,谈词雅对，满座的人无不为之倾倒。诸公卿大人因此很看重他，也不全是因为他的技艺高强。

当时，南明的士大夫们纷纷避寇南下，躲避战乱，侨居金陵的有许多公卿大族。大司马吴桥范公，好结交士子名流，专程造访；相国何文端，亦专程造访。两家都把柳敬亭引为上宾。有一位客人问敬亭："当今海内无事，先生所讲的，都是豪爽而又狡猾的侠客、草莽亡命之徒，我们听了，都说一定不是如此，这都是你胡编乱造罢了，谁曾想今天竟亲自看见了您这样的人。"敬亭听后慨然作色，独自与吴人张燕筑、沈公宪一起。张、沈二人引吭高歌，柳敬亭演谈，三人愈喝愈醉，悲吟击节，凄怆伤怀，凡是流落在江南的北方人，听到的没有不痛哭流涕的。

不久，就发生了宁南伯左良玉兵变之事，左良玉的军队奉诏守楚，驻扎在皖城等待出发。而坚守皖城的恰好是杜弘域将军，他和柳敬亭是老朋友，曾和左良玉一起喝过酒，也是一对知己朋友。既然他已率军守城，而对手又刚好是左良玉，正思考需要一个特殊的人物，来化解这场干戈。杜将军辗转反侧，认为非柳敬亭不能完成此事，就写信叫他来，让他去和左良玉联系。左良玉本以为他是军中游说之士，想借此看看他到底有多大才能，在帐下埋伏了刀手，引着客人就席，在座的客人全部震惊失色。柳敬亭拜见已毕，一边喝酒，一边诙谐调笑，旁若无人。左良玉大惊失色，自认为相见恨晚。在这里住了几天之后，左良玉闷闷不乐地盯着柳敬亭说："你姑且猜测一下我有什么想法。"敬亭答道："难道不是率领军队攻入皖城，而杜将军却不依国法处治？""是这样。"敬亭说："如果没有君侯的命令，杜将军绝不敢擅自专权，我请代为复命。"只身一骑，冲进杜将军军营中，才平定了这次事件。

左良玉的幕府，多是儒生，所写的檄文，不合将军口味。柳敬亭虽没读过书，说出来的话浅显易懂，却很合左良玉胃口。左良玉原来也是个普通士兵，年少时孤苦伶仃，和母亲失散，因为不曾知道自己的姓氏而泪流不止，柳敬亭劝慰他说："君侯难道没有听说过天子赐姓的事吗？这是我说书中的故事啊！"左良玉大喜，立即向皇帝奏本，他是武人，认为柳敬亭能够知古今、识大体。

阮大铖拥立宁王，新近掌权。敬亭从前认识他，他和左良玉有过节。敬亭将要回南中，请示左良玉说："见了阮大铖说什么呢？"左良玉没有文书，让敬亭传话说："告诉阮大铖，我和他已捐弃前嫌，共图国事。"柳敬亭回到南中后，照左良玉原话转达，而且订立盟约准备告诉左良玉，当听说他们正在修筑城墙，则顿足说："这是向西防备，必然会使宁南伯起疑心。"后来果真如他所忧虑的那样。

左良玉居丧过龙江关，对着朝廷社稷大哭不已，他的爱将陈秀远远迎来，拜下不肯起。有一次，陈秀有急难，柳敬亭救了他，那是因为左良玉当时很愤怒，恰逢陈秀犯了重刑，一定得死。敬亭便设谋对左良玉说："今日饮酒不乐，听说君侯有古玩奇物，不知可否取出一观？"左良玉说："好啊。"拿出两张自己的画像，其中一张是关陇破贼图。左良玉对镜自照，长叹曰："想我良玉，本是天下英勇健儿，如今却衰老了。"又指着另一张说："我破贼后就归隐，这张画是表明我的志向。"只见图中一老人拄杖，几个童子跟在其后，较为近的，是陈秀。敬亭佯装不知而问这是谁，左良玉告诉了他，并且告诉他此人已犯大罪，将被处死。敬亭说："如果忘恩应当死，那希望君侯以亲信的缘故，等到归隐后暂令其相从，然后再杀了他，否则这幅画就不全了！"左良玉点头称善。柳敬亭善于运用这种诡辩之术，为人排忧解难。

当初，他从武昌回来的时候，因为是将军的客人，朝贵们都争着迎接，但他仍安于旧节，一切日常生活习惯都没有改变。等到江上之变后，柳敬亭逃亡时丢散千金，再度贫困，却神色自若。有人曾向他询问此事，他说："我在盱眙市上时，曾经衣不蔽体，食不果腹。谁料到会富贵一场，虽然复落为此，但仍足以生存下去，况且还有一身技艺，难道还担忧贫穷吗？"仍旧往来吴中，每每酒到微醉之时，就对人说宁南伯旧事，听者无不唏嘘感慨。柳敬亭在军中待久了，对所谈之事十分熟悉，而无聊不平之气无所用时，便尽发于书，所以晚节愈贞。

专诸刺吴王僚

春秋战国时,在临近吴国都城一个叫吴趋的地方,有两个人正准备打斗。他们面对面站着,各自揎起了袖子,准备着手势,俨然两只愤怒的狮子。其中一个身材较高大的,赤着背膊,脸上和身上几乎是一样的棕黑色,生着黑黑密密曲鬈的胡须和毛发,在那额角高耸的头顶上紧紧地绾了一个发髻;两条快要连接成一字的浓密的眉毛,那双特大的眼睛正在盯着对方。对方的身材虽不如这人高大,但却生得异常横宽胖壮,整个头脸几乎没有一根毛发、一色赤红,一只眼睛瘪下去了,余下的那只好眼睛虽然不大,光芒却显得凶狠而恶毒;光头上有一条很明显的刀疤,在阳光下面闪亮着;右手正倒提了一柄闪光的短剑,咬动着牙齿,嘴角正在流着一条涎水。围观的人谁也没有来劝解,只要一转眼,他们就会扭打在一起,结果一定会有一个伤残,或者因此而送命的。在这紧急关头,忽然从人群背后传来了一个妇人的声音:

"专诸！你还不回来吗？"人们全转过身去，很自然地闪出一条缝隙，原来是一个长身材、约有三十岁的妇人，正在人群外面唤着这个有胡须的大汉。那个妇人转身去了，这个有胡子的大汉竟绵顺得像一头羊垂下头也跟着去了。可是当他临走出人群时，回过脸来，竟用拳头在空中扭动一下，咬动着他那白白的大牙齿说："留着你的狗脑袋吧！早晚我给你打开了花！"

这就是专诸，他不独是个壮士，而且是个义士、孝子，凡是这个镇上谁有什么为难的事一求到他，他总是答应的，即使自己吃了亏，也从不说一句怨言，或者要谁一点儿报酬。专诸的家本来很贫穷，只是靠了他在湖里打些鱼，回来烹调了，在街上卖些酒食度日子，有时他的朋友还要白吃白喝。这镇上有什么不平的事情他也喜欢管，就因为如此才和那个秃头结下了仇恨。那秃头本是以屠宰为业的，平时倚仗他的力大、凶狠，又和官府中有些来往，就常常欺压一些老实人；别人买他的肉，他从来不给足够的分量，谁一计较，他就要行凶，他又不准这镇上有第二家肉铺。由于专诸的酒棚就设在他的肉铺附近，他说专诸卖鱼影响了他的生意，要专诸不卖鱼而买他的肉卖，专诸当然不肯。他虽然不敢对专诸怎样，但也常常借了官府的势力来欺压专诸。专诸一直忍耐着，因为他有老母和妻子要养活，如果和官府或者和这秃头斗起来，不是你死，就是我活，但结果对专诸总是不利的。专诸的母亲和妻子也知道这情形,但她们总是要专诸忍耐,甚至要专诸改掉打鱼卖酒的行业,另谋生路。专诸家中世代以打鱼为生,专诸除了打鱼也不善于其他技能,可是他母亲却告诉他,如果他要和那秃头打架,她就先自尽,她不愿眼看着专诸被官府拿去判为罪人。因为她丈夫为吴王同楚国打仗死了,而她现在只有这么一个儿子。

日间专诸要和那秃头决斗,是因为那秃头又殴打一个老人,别人不敢劝解,专诸赶上了,实在不能忍耐,就伸手去拉开。那秃头迁怒于专诸,回家取了刀来要杀他,这时就更没人敢来劝解了。虽然大家全都同情专诸,也为他担心,却只能在旁边看着。这时有人给专诸家里送了信,专诸的妻子奉了母亲的命令才叫回了专诸。

专诸不仅有聪明的脑袋,而且还有卓越的远见。当伍子胥从楚国逃亡到吴国时,他曾为伍子胥深刻地分析了当时的形势,道:"现在的吴王僚,是一个有勇无谋的庸人,而且妄自尊大,以你这个样子,他不会接见你,即使接见了,也不会重用你。他所用的全是他自己的亲族和子弟,因为他担心公子光会谋夺他的王位。你是个和他毫无瓜葛的楚国亡臣,他绝不会信任你的,也许还会把你送回楚国。……他这人唯一关心的是他的王位,对于吴国的百姓他是不关心的,对于有能力的人他是不关心的,对于吴国的前途他也是不关心的,对于别的国家他更是不关心的。他既没有远大的志向，也没有宽大的心胸，多疑而自负，不是一个适合做我们吴国君主的人。如果吴国由他继承，不是要被楚国吞灭，就是要被越国侵伐，吴国的百姓将来是要遭殃的。本来，余昧死了，应该是由季札当国的，但季札这人贤德有余，魄力不足，他只爱讲礼说乐，对于为王没有兴趣，他经常喜欢到别的国家去观礼，特别乐意去的是像鲁国、齐国、郑国、晋国这些国家。他说这些国家文化水平比我们高，是周公、姜尚等的后代，我们吴国应该向人家多学习些礼乐，因为我们吴国在这方面是后进的，如果不知礼、不明乐就不配称为太伯的子孙了。如今他又去郑国学习子产的刑法。吴国中，只有公子光是个很有作为的人，你去投奔他，也许会被收留……"

一席话不禁使伍子胥大为佩服，于是他又问专诸："如你所说，公子光既然强于吴王僚，你又有这样的文才武略，为什么不投奔公子光，帮助他除掉吴王僚，为吴国换一个好君主，你也可以从此富贵起来，总要比这打鱼卖酒好得多呀！"

专诸抬眼冷冷地望向伍子胥："我要富贵有什么用呢？我的父亲是个有名的渔人，勇敢而有力气，善于游水，被吴王招去和楚国打仗，吴王仗打胜了，我的父亲却在水里被楚国的弩箭射死了，我要富贵有什么用呢？你是楚国的贵公子，你们在楚国有过富贵，可是那楚王却杀了你的父亲和哥哥。如今你的富贵在哪里呢？那些君主，他们能给你富贵，也能夺去你的富贵，如果你稍一触犯他们，他们也可以马上取去你的性命。不独楚国的君主如此,任何国家的君主都是如此,我是懂得这些君主的,他们和钓鱼的渔人一样,他们的富贵就是一条引鱼上钩的蚯蚓,我不爱这蚯蚓……"

"难道你无意于为吴国换一个更好的君主吗?"

伍子胥的问话使专诸垂下头,沉默了。他用指甲掐下了过长的灯芯,抛在了地上,而后用脚碾熄了它,灯光又渐渐闪亮起来,照清楚了这小屋中的一切。这屋中是很简陋的,除了一张竹床、两个竹凳、一张小桌外,就是一些捕鱼的用具和卖酒食用的担笼,墙壁上斜挂着一柄长剑,鞘外面却被蛛网和尘土蒙满了。"我还有母亲,她已经快七十岁了,儿子也还小得很,我还要养活他们!"专诸长长地叹了口气。

后来,专诸的母亲死了,他便把那个他所憎恶的也是镇上人们所憎恶的秃头屠夫杀死了。按吴国的法令,杀人者抵命,他被囚在狱中,等待处治,而他却无所挂念,因为此时母亲已死,妻能纺织,儿子也能耕田捕鱼了。为了保全专诸的性命,伍子胥和被离计议了一下,便连夜去找公子光,在公子光的帮助下,专诸终于被免于死刑。

楚平王死的次年,吴国想趁楚国旧君已死、新君年幼初立,朝中贵族、群臣互相争势、彼此倾轧,一举进军而伐灭之。

往常,吴王僚都是让公子光率兵征战,而且吴王的命令是很严厉的，如果公子光打不了胜仗，就不要回吴国来见他，暗地也是想除去公子光，或者使他在吴国臣民中失去威信。因为吴王僚早就明白公子光不满意他做吴国君主了，必得先除之而后快。但每次公子光出兵都能得胜还朝，吴王僚不仅奈何不了他，而且还使他在人民中威信日渐提高。所以这一次伐楚，他不再用公子光为主帅了，第一他要夺去公子光的兵权，使他再没有机会和军将们接触，免生后患，第二他估计这次伐楚是有绝对胜利把握的。这消息被公子光知道了，他也就将计就计，趁出外围猎，故意从车上跌下来，假装把脚骨跌伤了，并把这种情况通过书面形式奏知了吴王僚。这封信当然使吴王僚很高兴，于是他任用自己的亲信为将军，即日出军伐楚。

就在当夜，公子光派人去请伍子胥和专诸秘密来到都城。专诸因为公子光之力，已经完全脱罪。

伍子胥和专诸来了。专诸修剪了须发，化装成一个厨人的模样。将要见面时，公子光就说："二位先生莫怪，我因脚伤了，不能起来迎接，就请入座讲话吧！"专诸被让在了正中面对公子光的一张红锦座垫坐下，伍子胥被让在公子光的右侧。公子光在每人面前摆了一张同一式样、镶满各色珠宝的乌木条案，一色金光闪闪的酒具，衬托在红锦金花的案幅上，在明亮的灯光下就更显得鲜艳刺目了。

公子光用双手把酒杯高高地举在了额前："请二位先生

先尽了杯中的酒,我有话要来请教。"于是三人一同把酒饮干了。

今天这景象很使伍子胥和专诸诧异,虽然他们推测这次会见一定是要有什么举动,但他们却避免在路上谈到这件事。

专诸对这种景象虽然有些诧异,但马上就冷静了。他懂得凡是这些当权的人,如果对你表现出了特别的礼貌、亲切的态度、非凡的赠送等,必定是有求于你,要你做出于他有利的事情来,或者要你付出自己的性命……

"这几年来,我很委屈了先生。"公子光说着竟起身向伍子胥拜伏下去。这种出乎意料的举动,使伍子胥竟有些慌乱,他急忙站起来把公子光扶归座位,而后跪在自己的座位上,双手举在了前额上,头垂下来连连顿首说:"伍员乃是楚国的罪人,亡命吴国,承公子恩德把我留下,如果您有什么命令,绝不敢推辞,希望公子不必如此。"公子光竟呜咽着流下泪来说:"我每次见到先生,总想要把心腹的话向先生说出来,但有所不敢,因为先生究竟是楚国人,不得已而来吴国,最终的愿望无非是想借吴国之力,而报先生的父兄之仇,并非有亲于吴国,只要有能代您报父兄之仇的,不一定非等我姬光不可。因为这样,我总是顾虑着,不敢说出心腹话,但对于先生的人品、忠心、怀抱、见解以及政治、军事的天才,我是早就了解的,我如果有掌握吴国命运的一

天，一定仰仗先生的才能帮助我。如今楚平王已死，您的仇怨的感情，想必应该平静了一些吧！愿您此后有助于吴国，以吴国之国为国，以吴国之民为民……不知先生可否如此？"

"您的意思伍员明白了。"伍子胥流着泪顿首接着说，"虽然楚国是我的父母之国，我何曾一天不怀念楚国，我也深爱着楚国的百姓以及楚国的生活和风俗，也很想效命于父母之国，有用于楚国……但是，楚国的君主不以我为臣，不以我为子，楚国一些掌握权柄的大臣，且以我为仇寇，致使我有国而不能归，有家而不能聚，有民而不能亲，有忠而不能效。……亡命异邦，身为乞讨！承蒙公子不弃，得托性命，此后有生之年，一定要报答吴民待我之厚、公子活我之情，虽粉身碎骨，绝无改变。吴国和楚国，国虽不同，风俗各异，而其百姓之为百姓则是一样的啊！我甚愿以报楚国的心而报吴国的百姓……此心此志可昭之日月，此后唯公子听命了！"

"以此酒为先生寿！"公子光又把酒杯举向了伍子胥，两个人全一气喝干。

"专诸先生。"公子光又把酒杯举向专诸，专诸也把自己的酒杯默默地举起来，微笑着望向姬光，似乎他早已明白对方要说些什么话、将要提出什么要求。但是，很难从专诸的脸上看出什么激动的或者其他的表情。他对公子光的态度和对伍子胥以及镇上他那些打鱼、砍柴、种地、做小本生意的酒友没什么两样，完全坦然，早已忘了公子光的地位和身份，也似乎忘了是在什么地方饮酒，以及将要发生些什么事。他的神情和坐在他的酒摊前或别人的酒肆中一样，他除去了头巾，敞开着衣襟，一条腿直直地伸开着，因为他受不了这拘束。其他人反为专诸这种失礼的样子有些不安，但又不好当面劝阻，只是以目示意，专诸似乎并没有注意到这种暗示。伍子胥都感到专诸未免狂傲得有些过分，但他却不想来纠正什么。两个人全都默默地喝干了杯里的酒。专诸捻了一下上唇那坚硬而又卷曲的、浓浓的口髭——它们被酒浸湿了，不等公子光说下去，他自己反倒先开了口："如今吴王僚的亲信全都领兵去征伐楚国了，他的羽翼已去，都内空虚，您莫非想要有什么举动吗？专诸既承不以野人见弃，托以心腹，又承施以活命之德，把我放出监狱，我的老母已经死了，妻儿他们也可以自己过活了，俗语说'大德不言谢'，您有什么事情，就明说吧，专诸是愿意尽力的！"

专诸这种当胸一箭式的话语，反倒使公子光半晌不能够明确回答，只是连连顿首说："愿先生能够救我，愿先生肯于教我！"接着他才把吴王僚历次要除掉他的经过，以及这次要杀害他的阴谋说给专诸。

"已经到了再也不能够两立的关头了。"专诸把一只拳头断然地打在面前的桌案上，"不是您除了吴王僚，代他成为吴国的君主，就是他杀了您，免去他的后顾之忧，除此而外，将不会有第三条路好走了。"

"正如先生所见！"到这时公子光竟也不能够自制地激动起来，须眉张动，眼光闪闪如火，已经不是以前那种彬彬有礼、雍容有度的样子了，犹如一只久久饥饿的狮虎，牙齿森立，要把凡是能攫到的东西撕裂成碎片。"愿先生明以教我，为了替吴国除一暴君，光虽万死，亦所不辞。否则上无以对祖宗于地下，下无以对吴国百姓之所托……愿先生明以教我！"

"您自己身边，能有多少可用的武士呢？"专诸问。"力敌十人，而能和我共生死的可得百人。"专诸沉思了一下，又问："您在军中的势力如何？""除去吴王僚和他的亲信而外，全可以听我的号令。"

"现在有两条路，您可以选择。第一条路，您可以请赴军前，而后就回军吴国，以吴王僚不恤民困，连年出兵，滥行征伐，以及此次又趁楚国之丧，师出不义为名，勒令退位，暂时保全他的性命，虚王位而待季札归来。这是名正言顺，必为军将和万民所悦，为诸侯所共美，也是一条堂堂正正的大路，像早先周公诛管叔、蔡叔，汤王伐夏桀，武王诛殷纣，伊尹囚太甲……那时，季札也必以王位让于公子，你可以诛罪之功、待贤之德、受禅之美而王吴国，天下诸侯、吴国臣民必将拥戴，不知道您乐意不乐意走这条路？"专诸微笑地望向公子光，倒了杯酒轻轻地饮着，他又完全恢复了原来那种平静自然的样子了。

"敢问先生的第二条路?"公子光神情消沉下来了。专诸说:"这第二条路很简单,只要一人之力,一剑之助,劫而杀之就行了,但是我却不愿您走这第二条路。"

"请您再详细说一说。"公子光请求着。

"您既然愿意听这第二条路,似乎也很愿意走这条路,我也愿意说一说。"专诸冷然笑了笑,接着说,"这是盗贼走的一条路,不是国主或者想要王天下的人所应该走的路。专诸是个野人,幼年读书无多,长又荒于谋生,于圣人贤君之道,知道得太少了,虽然如此,我也还大体知道这种办法是不合乎我们传统的,也不合乎古圣先王之道。早先的尧让舜、舜传禹……择贤不传亲的'让天下'的说法,虽然不尽可信,但是以有道伐无道,以有德伐无德,有利于万民,单单为自己的王位而不恤万民的,万民也必将无爱于他。后来的君主,多半是用了盗窃的方法而取得王位的,我们吴国已经由吴王僚开端了,如今您仍然要用这种方法取而代之,我恐怕吴国后世,将要以此为法,这是很可怕、也很可悲的事,因此我不愿公子走这条路。所谓'一事兴之,百代则之',为了一时之便而行诈,为了一时之利而行劫,这用于兵事,有时还说得过去,但仁义之师还是不屑为之的。而为政必以诚,约民必以信,王国必以德,得之必以正,行之必以道……否则以诈得之,必以诈失之,以劫得之,也必定以

劫丧之……我很愿意您再想一想。虽然如此，公子要想走第二条路，为了给吴国除一愚暴的君主，为了吴国得一恤民的君主，为了奉报公子对我的心腹之托和活命之德，专诸绝不敢有所推辞，愿得一剑而致吴王僚于死命，请您自己决定吧！"

专诸说完，站起身来，走了一圈，而后面向一处墙壁站立。汗流从公子光惨白的脸上淌下来。

这时密室完全是静悄悄的，伍子胥和朋友被离呆呆地望向一边，他们不知道应该说什么，最后被离勉强代公子光说："这第一条路虽然正大，但是目前是走不通的。"

"为什么呢？"专诸陡然回转身来，两手搭在背后问被离，眼光仍然是锐利而严峻的。这使被离感到一种威压，他说不出来话，眼睛求救似的望着伍子胥。

"吴王既然要加害公子，就不会再放他去军前。"伍子胥说。

"依你的主张呢？"专诸反问伍子胥。

"我是个楚国的亡人，对于吴国这样的大事，不能、也不敢有所议论。"他面向公子光。

公子光镇定一下，声音有些沙哑地说："我如今又伤手足，吴王僚必以此为借口，不允许我去……"

"那么，我们就决定走第二条路吧！"专诸又回到了座位上说，"听说吴王僚是很喜欢吃炙鱼的，这是真的吗？"

"嗜之如命。"公子光不知道专诸为什么会问到这件事情上来,"您为什么问到这种小事呢?"

"这不是小事。"专诸笑一笑说,"我是善于炙鱼的,而且近来又从别人那儿学得更精了一些,如果您不信,明天就来试试看。"

"您这是什么意思呢?我怎敢这样屈辱先生?虽然我也很喜欢吃炙鱼。"公子光的表情又活泼起来。

"你是要借炙鱼的机会,杀死吴王僚吗?"被离似乎已猜出了专诸的计划,又惊又喜。专诸并不直接回答他,只是说:"想要钓深水的鱼,必定要用香饵;想要猎兽,必得使它离开深山;想要得其人,必得先投其所爱。因为饵香可以使鱼忘钩,饥饿可以使兽忘害,爱欲可以令人智昏……对于吴王僚也必得如此。"

接着专诸就说出了他的计划。第一步,他先到公子光的府中来做厨师,要公子光派人到他所指定的地方去寻指定的鱼。第二步,由专诸把鱼制成各种口味,每天派人送进吴王宫中,就说公子光因为伤了脚,医师嘱咐他应该吃鱼,他寻到一位吴国有名的厨师,吃了这人所做的鱼,感到鱼味鲜美,因此不敢独享,所以才送进宫中,以表示忠心。第三步,每天送去的鱼,应该使它滋味全然不同,使吴王僚越吃越爱吃,并说有一种味道最美的鱼,必得厨师在面前烹制,当时就吃,滋味才更美。第四步,吴王僚吃了专诸所制的鱼，必定还要吃，那时候公子光可以请他来吃鱼，如果他来了，事情就有了一半成功的把握。第五步，应寻一柄短而利的匕首，必须要能够穿断金石，并用毒药淬过，而又能够藏在鱼肚子里面，单等专诸在吴王僚面前浇配作料的时候，乘其不备就出刀杀之。第六步，公子光必须把精锐、敢死的武士四处埋伏好了，一旦吴王僚被刺，马上就出来把吴王僚的武士们杀死。第七步，在专诸还没上前之前，公子光应借故离席，藏于隐蔽的地方，一面指挥武士们待机行动，一面防备万一不成功，马上可以逃出都城。第八步，公子光马上派人到军前令自己的军将待命而动，并在都城外合适的地方准备好车马，以备万一失败时逃向军前，那时就举兵回国，声讨吴王僚要秘密谋杀无罪的王族姬光的罪过。

"我能想到的计划就是如此了。"专诸接着说，"如果成功了这是人谋，不幸而失败了，这就是天意，我也无能为力了。还愿公子和子胥、被离两兄你们再好好想一想，使事情必须不至于失败。我不过是个匹夫、野人，自知智谋浅薄又有限得很，这是吴国的大事，希望你们好好想一想，我们应该必使其成，而不可使其败也！"

专诸静静地把一杯酒喝了下去，而后两肘撑向面前的案上，使那高耸而宽阔的前额托在掌中，眼睛垂闭起来。

公子光、伍子胥、被离，这时候却谁也没有能够说出一句话，似乎全被专诸这周详而悲壮的计划惊呆了。最后还是公子光打破了这沉默，他说："先生所谋之深，所备之周，计划之勇，使我自愧不如，才知道自己过去智不过婴儿、勇不过竖子，有先生在，实在自惭不敢再有做君主的想法了。若不是吴王僚急欲谋杀我，非杀了我不肯罢休的话，我决不愿意有累先生，而使吴国丧失了像您这样的国士。"公子光说到这里，竟真的流下眼泪，感染得伍子胥和被离也哭了，他接着说："先生所命，我一定每件照办，这里现有短剑一柄。"公子光从自己身上解下一柄短剑来，其长不足一尺，装在小巧玲珑的透花镂金、满镶各色珠宝的鞘里，缠着五彩丝绦。他双手捧着，请被离放在专诸的案前，又说："这剑是先君得之于越国的，原名曰'鱼藏'，它的锋利可以断金玉、透唐夷之甲，我已经不止一次试验过了。多少年来，我日夜不离地佩带在身边，一面纪念先君，一面以防不测，万一有了急难，就用它来自裁。如今就把它托给先生。"

专诸把那剑从鞘中轻轻地抽出来，马上有一缕寒凛凛的光，整个密室全被闪映得成了青色，这使伍子胥和被离浑身毛发竖立。

"这确是一柄好剑。"专诸满意地点了点头，又把那剑轻轻地送进鞘中说，"有了这柄剑，事情可以差不多了，让我回去再把它用毒药淬一淬。"他把那剑放回原来的地方，用两个手指爱抚着手柄……

"我们今夜这样聚会，恐怕此后再也不会有，不知道先生还有什么教言？尤其是关于先生自己的后事！万一不幸……"

专诸摇了摇头，从剑上把手指撤回来，捻了一下那曲鬈的上髭，向着公子光说："您能把吴王僚请到您府上来吗？"

"他会来的。"公子光肯定地说，"今天他打发人来和我说，他几天以内要来看我的足伤，因为最近他正听取着每天从军前来的战报，所以不能马上就来，还请我原谅他呢！"说完，公子光冷冷地笑了笑。

"您以为吴王僚会来看您的足伤吗？"专诸问。

"他一定会来的！"公子光咬牙道，"他不是来看我的足伤，而是要来取我的命。"

"您怎么知道？"

"有人和他说，我的脚伤是假的，因为不愿出兵伐楚，对他有了怨言。他要自己来看个虚实。如果发觉我并没有真的脚伤，就可罪我以欺君之名，收而囚之，或者当场就杀了我！"

"您是怎么知道的？"

"用重金收买了不满于他的亲族……"

"那么您的脚伤究竟是真是假？"专诸显得轻松而有趣地问着。

"这您可问被离先生吧。"公子光自己也笑了。

被离没说什么，只是摇了摇头，伍子胥的眼睛陡然也亮了一下。

"如此看来,那吴王僚必定要来了,他也必得死了,这是天赐的良机,失机者不祥,您可以不必忧虑了。"专诸肯定地说,接着又说,"刚才承公子问到我的后事……"说到这里,专诸的眼睛垂了下来,他似乎在看着那短剑,那剑鞘上的反光射到他的脸上,形成一些奇妙的光纹,也刺到了他的眼睛。他闪开它们,又直直地望向公子光说:"我个人是没有什么后事可托于公子的,我的老母已死,我的妻子可以自织自活,我的儿子虽然还不到壮年,也已经能够捕鱼、打柴,我并不愿意他们由于我的缘故,而食吴国一爵、一禄。我所唯一希望于您的,就是一旦掌有了吴国,做了吴国的君主,愿以吴王僚为前鉴,以诸侯各国的贤君为借鉴,不要让我们吴国的百姓耕而不得食其粟,织而不得衣其衣,不要多行不义之战,无厌于侵土之争,离人骨肉,驱人以死。我的父亲是死于楚国之战的,他的死使我的母亲悲叹了半生,痛苦了半生,一直到死,使我成为伶仃的孤儿。再有望于公子的,就是不可贵而忘义,无使忠心谋国、患难之臣不得其养,不得其终,以至于无罪而借故刑戮。"专诸说到这里,望了望伍子胥和被离。俩人全深深地垂下了头,伍子胥双手交叠在胸前。他接着说:"我们吴国俗语说'鸟尽弓藏,兽尽狗烹,敌国灭,功臣亡',愿公子深深记住这几句话,专诸虽死……也就无憾于地下了!"

"我姬光愿以此剑为誓!"公子光指着专诸将要揣进怀里的那柄短剑说,"先生如果幸而活着,我愿与先生分吴国来共治;先生不幸身死,我如果有负先生的嘱教,愿殉此剑!"

"誓可信也,背之者必不祥,愿公子与子胥、被离共勉,无负于吴国的百姓……天不早了,我们走吧。"

当专诸、伍子胥、被离他们辞出时,天空已经微微出现了淡淡的曙色,远处传来了清冷而悠然的鸡鸣声。

就在公子光和专诸他们计议后的第七天,吴王僚来到了公子光的府中,他先让他的医臣们仔细察看了公子光的伤势,他自己也在一边观看。当公子光听说吴王僚要来,就在前一夜让被离使用了最厉害的毒药。如今那只脚踝不独红肿得怕人,而且显出了溃烂的样子,连吴王僚也不忍看下去。被离又用毒药把公子光的头脸和周身也涂抹了一番,如今那公子光看起来,不独面貌浮肿,而且颜色也青黄得怕人。在吴王僚察看他的伤势时,公子光竟流出了泪,连连顿首向吴王僚说:"如今竟承王兄来看我,我就是死在了地下,也难忘这种恩德……"说着还悲痛地哭出了声音。这使吴王僚不能再怀疑伤是假的了,而且竟也被公子光这做作的表演感动得流了泪,他安慰着公子光说:"你好好养伤吧,不必伤心!"

"臣这伤恐怕难以好了!"公子光依然流泪诉说,"据医臣们说，由于这伤毒浸进了血里，已经无药可救，臣的性命恐怕危在旦夕，今天能得见王兄一面，就是我死了，也瞑目于地下了。所不能安心的，就是再也不能够侍奉王兄，报答您对我的恩德……"说到这里，公子光竟呜咽不能成声。

"让我到你的殿上去吧。"吴王僚说。明显地，他有些不能忍耐这气氛而要走出去了。"你派人每天给我送去的那炙鱼，真是味美极了，这足见你对我的忠心！今天我要当面吃一吃他亲手烹调的鱼，看一看怎样，你不必来陪我了！"

其实，这正是公子光所希望的，但他还要装作非要奉陪吴王僚不可的样子，要人抬起他，说："这是有失君臣、主客之礼啊！我必得陪着王兄一同……"

"不必如此。"吴王僚不等公子光说完，就拦阻了他说，"我们虽是君臣，但却是兄弟，我在你的府里和在我的宫中一样，没有什么主客之分，你还是养你的伤吧！"在吴王僚心中，不愿意公子光陪他，那是因为怕看了这个病人的面容而败坏了自己吃鱼的胃口，公子光只好千恩万谢地遵了吴王僚的命令，最后他请求着吴王僚说："那厨师是个乡下的野人，他没见过王兄的威仪，希望您不要让您那些武士们过度地恐吓他、为难他……"

吴王僚点了点头就走了。

公子光等吴王僚和他的随臣、武士们全到大殿上去后，命令人把自己住的寝宫几道门全关闭起来，并派武士守在门前，不管什么人来都不许入内，就说他刚刚吃过药已经入睡。接着他就由一处暗壁转进了密室，伍子胥和被离全在这里，伍子胥已经穿起全身的软甲，腰间挂起长剑，弓矢倚在身边，被离也在腰间插了一柄短剑。公子光马上也装束起来，披了软甲，挂起利剑，把和吴王僚交谈的情况大致也和两人谈了一下，马上又派人到各处通知埋伏的武士，只要听到金钟响亮，就把守住各个门口，不放一个吴王僚的武士出去，也不准放一个进来，如果谁不放下武器，一概杀死。另外几批武士就从各门冲进吴王僚所在的大殿，解救专诸，杀死殿中吴王僚的武士，如果吴王僚不死，也同样杀死他。能得到吴王僚的头、救出专诸的受上赏，并派人暗暗到殿上探听消息，只要见到专诸得手，马上就敲响金钟……

专诸被吴王僚的武士们剥光衣服，搜寻一遍，而后只允许他穿一条短裙，结发，赤背，赤足进殿。

从厨房一直到大殿上吴王僚的座前，路两边密密地排满了武士：有的撑起长矛，有的用戈，有的用长剑……他们搭成一条兵器的甬路，使兵器的锋尖指向专诸。

专诸把自己所有的胡须和鬓髯全剪去了，把头发紧紧地结在顶心，垂下头，弯下身子，一只手提了一个盛汁液用的铜罐，一只手托捧着放在盘子里那条近一尺五寸长、还在冒着热气的大鱼。那短剑早已巧妙地放在了鱼腹内。专诸审慎地、安详地、静静地前进着，那条鱼发散出来的香气，几乎引起了殿中所有人的食欲。

吴王僚直直地坐在大殿中央的红锦褥子上，面前横了一张镶满各色珠玉、朱红色短脚的长几桌，他的两眼威严地望向专诸走来的方向。

专诸好不容易挨到吴王僚的前面，装作惶恐和战战兢兢的样子跪下来，用膝盖走到案前，把鱼盘小心地放到案上，把铜罐里的汁液浇在鱼身上面。这鱼的香味使殿上的人全嗅到了，而后专诸垂下头来退后一步，犹如一只柔软的正待捕鼠的猫，偷眼望了一下吴王僚：一条长长的涎水已经从那张开的大嘴边顺流到他胸前那密黑的毛发上来。他迫不及待地操起案边一柄银色小刀，正待去割裂那鱼身。就在此时，专诸陡然像一只雄猫似的跳起来，扑了过去。他先抓住那鱼身，同时又操起那鱼盘先向吴王僚的脸上掼去，就趁吴王僚躲闪的时机，他左手一把扭住吴王僚的前胸，用右手抽出短剑一直刺向吴王僚的胸前。但那吴王僚是穿唐夷暗甲的，这短剑虽利，却没能使他重伤。此时武士们的武器已经从四面八方向专诸身边一齐刺搠过来，吴王僚也挣扎着要来夺取专诸手中的短剑，但专诸的第二剑刺进了他的咽喉，接着又是狠狠的几搠，吴王僚才倒了下来，而专诸也倒了下来……

一阵暴乱的钟声响起来，公子光和伍员从密室冲出来，指挥着武士们发出喊声杀进大殿。伍子胥一手握弓，一手仗剑来寻专诸，他一人当先把吴王僚的武士击倒了几个，其余的武士们开始后退逃跑,公子光的武士就开始追杀,吴王僚的武士有的爬上了墙,伍子胥就用箭射下来。

等到伍子胥找到专诸的尸首,那已经是血肉模糊,几乎难以辨认了。那柄短剑染满了鲜血,还被专诸一直牢牢地握在手中……伍子胥跪倒下来,扑向专诸,他无声地哭了。

公子光已经指挥了一批埋伏在外的武士,杀向吴王僚的宫室。

这大殿里如今全寂静了!到处都是各种姿势的尸身,也随处溅染着大小不同的片片血渍,夹杂在一股股血腥的气味中,那炙鱼的香气也可以嗅到……

吴王僚的尸首正仰卧在专诸对面条案的后面,他的右手也还紧握着那柄割鱼用的银色小刀——上面也有几滴血渍,胸前的毛发几乎完全被血染成了红色,黏结在一起,身上的王袍被撕成了条片,两眼却是睁大着,似乎在凝视着大殿上空。

被离走进来,他看到两手捧着脸、垂头弓身跪在专诸身旁的伍子胥,他不禁也跪倒下来。

公子光回来了,他须眉张动,眼光凶猛地闪烁着,浑身也染满了血渍,左手握着挂在身边的剑柄,后面跟了几个掌着矛剑和盾牌的武士。到了大殿的门外,他向武士们挥了一下手,就一个人走进殿来。

他来到伍子胥他们近前,看了看专诸的尸首,又到吴王僚的尸首近边看了看，而后又来到伍子胥旁边，竟也跪了下来……

当天公子光就向吴国臣民发出安民告示，列举吴王僚的种种罪过，并继承王位，从此，公子光就称为"吴王阖闾"。

华元劫和

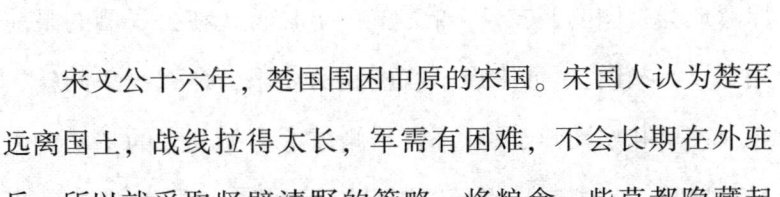

宋文公十六年,楚国围困中原的宋国。宋国人认为楚军远离国土,战线拉得太长,军需有困难,不会长期在外驻兵,所以就采取坚壁清野的策略,将粮食、柴草都隐藏起来,等楚军粮尽丧失了战斗力,自然就不攻自退。

到了第二年夏天五月,楚军围宋已达九个月之久,仍未拿下宋的都城,准备撤军时,楚王的御者申叔时献计说:"在咱们驻地附近盖房子,让军士们开荒种田,宋人就会听从我们的命令。"这个计谋果然奏效。宋国人看见楚军盖房、开荒,认为他们要长期围困下去,一个个惶恐万分。

宋国大臣华元说:"我看楚国并无撤兵的意思,全城的百姓将士都会被饿死,陈尸街头,如实在别无良策,就让我悄悄地出城,面见楚军元帅公子侧,或许能够得救。"大家谁都没有办法,只好依华元的主意办。是夜,宋人把华元从城墙上吊下去,华元偷偷来到楚军元帅公子侧的营帐中,只

见公子侧喝醉了酒,正伏在案边睡大觉。华元先整束好公子侧的衣服,把他扶起来,然后才唤醒他。华元陈述来意说:"楚围宋都已历九个月,宋都城内粮食已经吃光,现在城内百姓都互相交换着吃孩子,把人骨头当柴烧,真是困难到了极点。但即使这样,我们宋国上至国君下至士民都愿为保卫自己的国家献身,誓与国都共存亡,想逼迫我们签订屈辱的城下之盟,那是绝对办不到的。贵军倘能退避三十里,宋国愿意成为楚国的盟友。"说完就拔出匕首,在公子侧的眼前晃了晃,又说:"如果您不答应我的要求,那么我华元就在今天夜里和您同归于尽!"公子侧被这突如其来的举动惊得目瞪口呆,赶忙制止华元说:"宋国被困,到了现在这种程度,我怎么忍心再去加剧这种惨状呢?"于是就请示楚王,和宋国订立盟约撤围而去。

古押衙自刎撮良缘

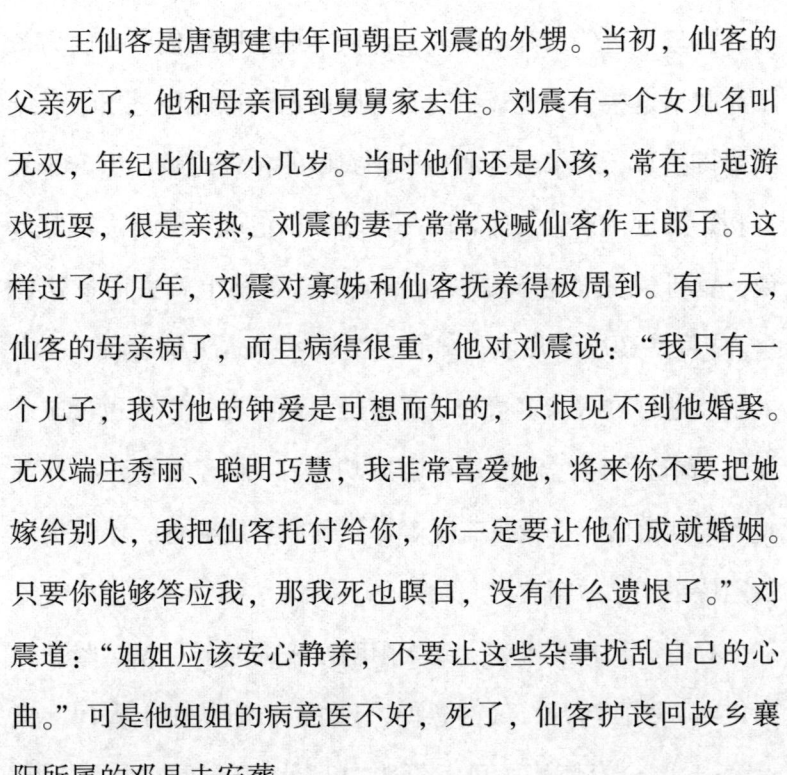

王仙客是唐朝建中年间朝臣刘震的外甥。当初,仙客的父亲死了,他和母亲同到舅舅家去住。刘震有一个女儿名叫无双,年纪比仙客小几岁。当时他们还是小孩,常在一起游戏玩耍,很是亲热,刘震的妻子常常戏喊仙客作王郎子。这样过了好几年,刘震对寡姊和仙客抚养得极周到。有一天,仙客的母亲病了,而且病得很重,他对刘震说:"我只有一个儿子,我对他的钟爱是可想而知的,只恨见不到他婚娶。无双端庄秀丽、聪明巧慧,我非常喜爱她,将来你不要把她嫁给别人,我把仙客托付给你,你一定要让他们成就婚姻。只要你能够答应我,那我死也瞑目,没有什么遗恨了。"刘震道:"姐姐应该安心静养,不要让这些杂事扰乱自己的心曲。"可是他姐姐的病竟医不好,死了,仙客护丧回故乡襄阳所属的邓县去安葬。

三年守孝期满,仙客自己思索道:"我孤单到这种地步,

应该寻求配偶，增广后世子孙。无双已经长大了，我舅舅难道会因为官高位显，就悔废旧约吗？"于是整理行装，到达京师。这时刘震已经做了尚书租庸使，公馆门楼显赫盛大，车马冠盖塞满里巷。仙客谒见后，刘震把他安置在自己住宅的学馆里，和学中弟子们在一起，仍旧以甥舅相称，丝毫没有听说有选择他做女婿的话头。仙客又从窗缝里看见无双姿容明艳，好像仙女似的，爱慕得几乎发狂，唯恐这桩亲事不能成功，便卖掉行囊中所有衣物，得到几百万贯钱，对在舅舅、舅母身边侍候奔走的人，都从丰地馈赂他们，又因为备了酒菜请这些下人吃饭，就是中门内也可以随便进出了。逢到舅母生日，买了新奇的雕镂犀衣做的首饰进献，舅母非常喜欢。又过了十天，仙客叫一个老婆子把求亲的事去对舅母说，舅母说："这正是我所希望的，我马上就去商量这件事。"可是又过了几夜，却有一个婢女来告诉仙客说："夫人刚才把这桩求亲事情和老爷商量，老爷说'以前也没应过他'，看这模样，恐怕是不会成功了。"仙客听了，心气都丧，失魂落魄，一夜没有睡着，只怕舅舅厌弃他，不过仍旧敬谨侍奉，不敢懈怠。

有一天，刘震入朝，到太阳刚出来的时候，忽然骑马回到住宅，满面流汗，气喘急促，只说："赶快锁上大门，锁上大门。"全家惊惶不已，不明白是什么缘故。过了许久，刘震才说："泾原兵士反叛，姚令元带兵攻进含元殿，皇帝从宫苑北门出走,百官都逃向皇帝外出所居的地方。我因为挂念家中妻女,所以暂时回来料理一下。赶快叫仙客来。仙客,你帮我料理家事,我把无双嫁给你。"仙客听舅舅这样说,又惊又喜,连忙下拜道谢。刘震把家里的金银绫罗、锦绣绸缎装在二十匹马上负驮着,对仙客说:"你换了衣服,押领这些东西出开远门,找一家空僻的客店安顿下来,我和你舅母、无双出夏启门,接着来和你聚会。"

仙客依照舅舅所教,在城外客店里等了许久,一直等到太阳落山,还不见他们到来。开远门的城门从午后起就关闭落锁,向南望去,眼睛所能看到的地方都望不见车骑。他便骑上马,拿着蜡烛绕城来到夏启门,只见城门也关锁了,守门的兵士不止一个,手里握着白色的棍棒,有的站着,有的坐着。仙客下马,慢吞吞地问道:"城里发生了什么事,弄到这种光景?"又问:"今天有什么人出这城门?"守门人说:"朱太尉已经做了皇帝。今天午后有一个戴皂罗帽子的,领了四五个妇女,想要出这城门,街坊中的人们都认识他们,说是租庸使刘尚书,门官不敢放他们出去,将近夜分时候,追骑到来,登时把他们赶到北面去了。"仙客放声痛哭,退回客店。到了半夜三更,城门忽然大开,只见火把明如白昼,兵士都拿着兵器,一递一声地传呼:"斩斫使出城,搜捕城外朝官。"仙客吓得抛下装载财物辎重的马匹就走,回到襄阳。

在村里住了三年，后来知道京师已经收复，河山再整，海内太平无事，于是进京去探访舅舅消息。到了新昌里南街，正在停马彷徨，不知到哪里去的时候，忽然有一个人在他马前下拜。仙客对他细看了半晌，认得是从前自己使唤的旧仆塞鸿。塞鸿本来生在王家，仙客的舅舅曾经使唤过他，很是得力，所以把他留了下来。当下两人握手流泪，仙客问塞鸿道："舅舅和舅母都好吗？"塞鸿道："他们都在兴化里住宅。"仙客欢喜到了极点，说道："我过街去看他们。"塞鸿道："我已经恢复了老百姓的身份，不做奴仆了，现在住在一家做丝绸生意的客户的小屋子里。今天已经晚了，郎君且到我那客户屋里去住一夜，明天早上再去不迟。"就引导仙客到他所住的地方，吃喝的东西都完备。到了天色昏黑的时候，忽然听到外面传报说："刘尚书因为接受伪命，做了伪官，和夫人都处了死刑，无双已经没入掖庭了。"仙客哀恸呼冤，号啕大哭，哭声感动邻里，他边哭边对塞鸿说："天下虽大，我却举目无亲，不知道这个身子寄托到什么地方？"又问道："舅舅家旧时的家人还有谁在？"塞鸿道："只有无双所使唤的婢女叫采苹的，如今在金吾将军王遂中的宅第里。"仙客道："无双固然没有见面的时期，能够见到采苹，死也满足了。"于是修了名刺，以堂侄之礼谒见王遂中，详细地对他说了始末情由，愿意拿出重金来赎取采苹。王遂中深喜他能见知，又为他所遭遇的事情感动，慨然答应了他。仙客租了所房屋,给塞鸿和采苹居住。塞鸿常常对他说:"郎君的年龄逐渐长大起来,应该寻求个官职做,长期闷闷不乐,怎么能够消遣岁月。"仙客觉得他这话很有道理,就把这意思恳切地告诉王遂中,王遂中介绍他去见京兆尹李齐运,李齐运便以仙客父亲从前的官衔任他为富平县尹,知长乐驿事。

过了一个多月,忽然得报有宫廷使者押带宫娥三十人到皇帝的陵墓去,准备做洒扫的工作,住宿在长乐驿。宫娥下车完毕,仙客对塞鸿道:"我听说被选在掖庭的宫娥,都是官宦人家的女儿,我想无双恐怕也在里面,你代我去探看一下好吗?"塞鸿道:"掖庭里的宫娥有几千人,这三十个宫娥里面难道就会有无双?"仙客道:"你只管去探看就是,世上的事情也是料不定的。"便令塞鸿假扮作驿中当差的,在帘外烧茶水,给了他三千文钱,叮嘱他说:"你牢牢看守着这些烧茶和盛茶的器具,不要有一时离开,如果见到什么,赶快来报告我。"塞鸿答应着去了。

宫娥都在帘子后面,在帘外不可能见到,只听得夜里说话声音嘈杂罢了。到了深夜,许多说话的声音都停止了。塞鸿洗涤器皿,拨动炉火,不敢稍微合眼打盹,忽然听到帘后有声音说道:"塞鸿,塞鸿,你怎么在这里?郎君的身体健康吗?"说完,继之以呜咽的哭声。塞鸿说:"郎君现在正当这长乐驿的驿官,今天疑心小姐在这些宫娥里面,所以叫我来问候。"无双又说："这里人多，我不能多说，明天我去后，你到东北面小房中紫色褥子下面，取我的书信送给郎君。"

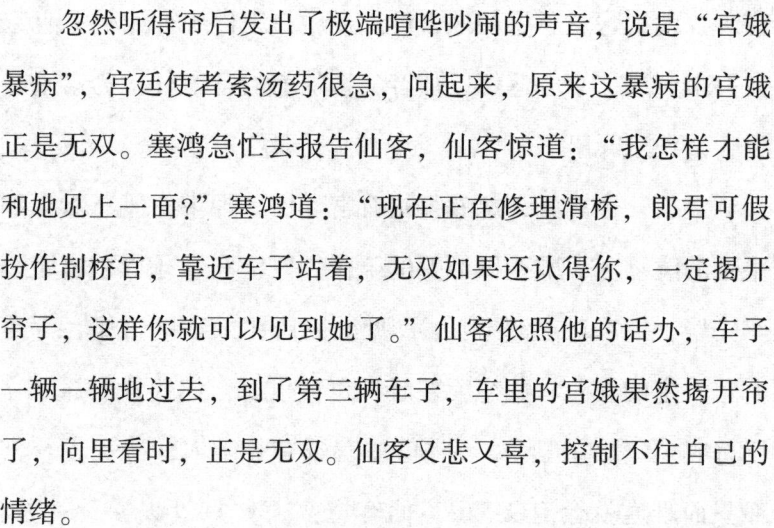

忽然听得帘后发出了极端喧哗吵闹的声音，说是"宫娥暴病"，宫廷使者索汤药很急，问起来，原来这暴病的宫娥正是无双。塞鸿急忙去报告仙客，仙客惊道："我怎样才能和她见上一面？"塞鸿道："现在正在修理滑桥，郎君可假扮作制桥官，靠近车子站着，无双如果还认得你，一定揭开帘子，这样你就可以见到她了。"仙客依照他的话办，车子一辆一辆地过去，到了第三辆车子，车里的宫娥果然揭开帘了，向里看时，正是无双。仙客又悲又喜，控制不住自己的情绪。

塞鸿在驿舍小房中紫色褥子下取得书信送给仙客，花笺五张，都是无双的亲笔真迹，信中词句悲切，叙事周密详尽。仙客读了，含着无限的怨恨流下了眼泪，以为从此将要和无双永远分别了。可是信的后面又有一行字道："常常听说富平县的古押衙，是世上一位肯帮助人的热心人，不知你现在可以去求他吗？"

仙客于是修书申达府尹，请求解除长乐驿职务，归富平县尹本官，得到允准后，就到处寻访古押衙，原来他住在乡村中一所田庐里，姓古名洪。仙客到他田庐里去拜谒，见到古洪后，凡是他所想要的东西，一定竭力办到，绸缎、宝玉的赠送，多到不可胜数。这样过了一年，仙客始终没有开口提出自己的请求。

到了服官期满，闲居在县里，古洪忽然来了，对仙客说："我古洪一介武夫，并且年纪又老迈，有什么用处呢？郎君在我身上极尽自己所能做到的，看郎君的意思，似乎将有所求于老夫。老夫是一个热心肠的人，感激郎君的深恩，郎君如果有什么事需要我帮助，我情愿粉身碎骨报答效劳。"仙客流泪拜谢，便把事实情由和自己的愿望告诉了古洪。古洪仰天想了一想，用手在自己脑袋上拍了三四下，说："这事很不容易，但不妨试着代郎君寻求一下，不过不能希望一朝一夕就能办到。"仙客拜谢道："只要生前能够得见，就满足了，岂敢以迟晚为恨。"

古洪一去半年，没有消息。一天，忽然有人敲门，原来是古洪送了信来，信上说："茅山使者回来了，请你且到我这里来。"仙客连忙骑马奔驰而去，见了古洪，古洪却一句话都不说。又问茅山使者是谁，却又答非所问，说道："杀掉了，且吃茶。"直到深夜，才对仙客说："你那边宅里有女家人认识无双吗？"仙客以采苹回答，古洪叫他去把她带来，仙客立刻又拍马回去把采苹带到。古洪对她端详了一会儿，且喜且笑地说："借她留在这里三五天，郎君且先回去。"

后来又过了好几天，忽然听说："有高官经过这里，处置陵墓宫人。"仙客心里很是诧异,叫塞鸿去探听被杀的是谁,原来正是无双。仙客号啕痛哭,叹道:"本来把希望寄托在古押衙身上,现在人已经死了,如之奈何?"流泪悲叹,不能克制。

这天深更半夜,听得敲门声很急,等到开门看时,正是古洪,带了一个竹兜进来,对仙客说:"这里面就是无双,现在已经死了,不过心头还微微有些暖气,后天可以复活,到那时只要稍稍为她灌一些汤药就好了。千万不可声张,必须严守秘密。"仙客等他说完,就把无双抱进闺房里去,独自伴守在她身边。到了天亮,她浑身都有了暖气,张开眼来看到仙客,哭了一声,就又死将过去,到夜里,方才痊愈。

古洪见无双复活,事情已经处理完毕,又对仙客道:"暂借塞鸿一用,在屋后掘一个坑。"等到坑掘得稍微深了一点,古洪拔出刀来,一刀割断塞鸿的头,落在坑中。仙客又惊又怕,问道:"你为什么要杀他?"古洪道:"不杀他不能灭口,传出去祸事不小。近来听说茅山道士有药术,他的药吃了立刻就死去,过了三天又能复活,我派专人向他求得一粒丸药,昨天叫采蘋假扮作宫廷使者,说无双是逆党,赐这粒丸药叫她自尽。我昨天到陵墓下面,托称是她的亲戚,用一百匹绢赎出她的尸身。凡是经过的道路关卡、步邮驿马,都用重金贿赂他们,一定可以避免泄露消息;茅山使者和抬竹兜的人,都在野外被杀光了事;老夫为了郎君,也会自刎。郎君不能再住到这里，门外有挑担的十人、马五匹、绢二百匹，郎君可在五更天不亮时就携带无双动身，改名换姓四处漂泊以求避祸。"说完，便举起刀来自刎，仙客赶紧救护时，古押衙的头已落地。仙客只好把他同塞鸿的尸体一并掩埋完毕，天未亮起程，出秦关，经蜀中，下三峡，寓居于渚宫。过了许久，没有听到京师方面有什么追捕的消息，便带了全家回到故乡襄阳别业，和无双共度余年。后来儿女成群，做了五十年夫妻。

秦淮健儿传

明代嘉靖年间,秦淮河边有个小孩,相貌魁伟,肤色奇黑,生下来只几个月,便不吃奶,和大人一样吃喝。刚满周岁,父母相继死去,由外祖父家收养,长大以后,很有力气,善拳击,曾经一巴掌打死一条狗,因此,人们称呼他为"健儿"。

健儿与孩子们打架,没有打不赢的。孩子们聚集起十几个人围攻他,健儿挥舞拳头朝四周打去,打得他们哭的哭,叫的叫,一个个抱头鼠窜逃回家中,告诉自己的长辈。有一家大人跑来骂道:"谁家的畜生,敢来与老子比试一下吗?"健儿说:"哪敢与您比试,可是代您走几步路倒是可以的。"于是来到那大人面前,用双手把他举了起来,使他两条腿离地一尺左右,健儿走走停停,一会儿把那大人高高举起,一会儿又低低放下。那大人害怕跌倒下来,不敢对健儿怎么样,只是傻笑。这件事轰动一时。

健儿生性好动，不喜欢读书。外祖父送他到老师那里去求学，他不听从教导，老师用戒尺责打他，他夺下戒尺，圆瞪双眼说："功名凭我空空两手就能得到，读那些咬文嚼字的古文有什么用！"每逢老师走出课堂，他就同书塾里的孩子们打架，那些孩子们经常被打得遍体鳞伤。他又不时把外祖父家的首饰、衣服偷出来，到酒店换酒喝，喝醉了就惹是生非，外祖父家被他害苦了，于是将他赶出家门。他替人牧羊，又经常偷羊换酒喝，欺骗主人说是因为岔路太多，羊跑丢了。主人发了怒，把他赶跑了。

　　很快健儿已经二十岁了，听说倭寇侵犯沿海边境，不由高兴地说："我称心如意的时候到了。"于是，他跑到沿海边境参军，因为作战有功，从小军官提升到副将。有一次，他与一个同僚一起喝酒，喝醉酒后，打了起来，一用力就把那人打死了。他犯下了死罪，便弃官逃到泗州，改姓换名，以厨师的身份隐藏起来。平民家中有小牛，他深夜去偷盗，把牛牵出以后，总是大声喝叫："你家的牛我骑走了。"喊罢，倒骑在牛背上，用斧头砍牛的臀部，牛怕痛，像阵风似的向前飞跑，失主怎么也追不上。第二天，失主到市场上找牛，健儿说："昨天到你家去偷牛的不是我，我先给你打了招呼，然后才牵走的，是讲道理的，怎么能说是偷盗呢？"失主向他讨牛，那牛已被做成肉干，什么凭据也没有了。泗州街市上的流氓无赖，推举健儿做他们的首领，他们白天大肆赌博，夜里便逛妓院，健儿一天比一天骄横，曾经叹息说："世上的人都不是我的对手，只恨自己晚生在一千年后的今天，不能和古代力大无穷的英雄们比一比胜负！"

地方官员禁止宰牛，健儿因此无事可做，便拿了过去宰牛剩下的牛皮和骨角，到瓜州、扬州一带去卖，卖得三十两银子，准备回泗州。他在旅馆喝酒，从身上解下腰包放在桌上，酒店老板看到，便对他说："前面路上强盗很多，钱财这东西要好好收藏。"健儿听了，把酒杯往地上一扔，拔刀砍去桌子的一角说："我闯荡江湖三十年，还没有碰到过敌手，如果有谁能把我腰包里的银子拿走的，我一定叩头认输，归顺他！"这时，有几个年轻人凑钱在左边桌子上喝酒，听到健儿的话都吃了一惊，站起来请问健儿的姓名和住址，健儿说："我不愿传姓扬名，曾经在边境立过战功，如今辞官为民，在泗州当了众家英雄的首领。"他们问他能对付多少人，健儿说："遇到一万个打一万个，遇到一千个打一千个，计算对手多少再打，那就是下等的了。"那些年轻人听了，越发吃惊起来。

健儿喝完酒，整理好行装上马走了，跑了二三里路，有人骑马追了上来，速度飞快。健儿猜想："大约是酒店老板所说的强盗吧？"等那马跑到跟前，原来是一个年轻人，健儿便不把他放在眼里。年轻人问："到哪里去？"健儿说："回泗州。"年轻人说："我也是泗州人，回家路上迷失了方向，请长辈指引一下。"这样，健儿便走在前面，两人在马上说说笑笑，十分投机。健儿对年轻人说："你佩带了箭，是不是很会射箭？"年轻人说："学过射箭，但还不熟练。"健儿把弓拿过来试着拉了拉，用尽了气力却没把弓拉满，他把弓丢给年轻人，说："这东西没用，佩带着它做什么？"年轻人说："这东西自有它的用处，只是用它的人没有本领罢了。"说着自己试着拉了拉弓，这时正巧有野鸭在空中飞鸣，年轻人一箭就射中了它，野鸭跌落在马前。健儿很惊奇，年轻人说："佩着短刀，一定很会劈刺吧？"健儿说："是的，我的特长不在弓箭而在用刀。"说着解下刀来给年轻人看，年轻人看了刀，立即说："这样杀鸡宰狗的东西，拿它做什么用？"用两手一折，刀弯曲得像钩子，又用双手一拉，刀又变得像原先一样直了。健儿见了，吓得面无人色，心想腰包里的钱不会再是自己的了，虽然还与年轻人一起走，但双腿不住地颤抖，慢慢地不能控制自己了。年轻人转而用温和的言语宽慰他，这样又在一起走了几里路，四周一个人影也没有，年轻人用力大叫一声，健儿一惊，便从马上摔跌下来。年轻人先宰了他的马，然后说："今天的事，有敢不听从我吩咐的，下场就像马一样。"健儿趴在地上听凭他的吩咐，年轻人说："没用的东西，何不解下腰包献上来！"健儿解下腰包献上去，叩头请求饶命。年轻人说："我得到这一袋银子，大致可以喝十天酒，你就像蒿草一样，不值得我

来铲除。"说完,拨转马头,从老路回去了。健儿灰心丧气,双脚站在原地,好久都迈不开一步,心想:"三十两银子倒还不是什么要紧的东西,但我做了半辈子的英雄,如今败在一个毛孩子手下,还有什么面孔回去见各位兄弟呢?"于是决定不回泗州,在一个村庄里,盖了间茅草房,卖酒维持生活,每想到过去的事情,就惭愧得要死。

有一天,春风轻轻地吹拂着,有几个年轻人来喝酒,他们的服装和马饰都很华美,个个像富贵人家的子弟,然而义气豪放,又像大都市中见义勇为、爱打抱不平的人。他们拍打桌子高声唱歌,旁若无人,说道:"洗酒器的老头子好像不俗气,应该叫他一起来喝上几杯。"于是拉了健儿入座,健儿看他们都在二十岁左右,只是有一个小孩,面貌白净,像一个未出嫁的姑娘,不随便说一句话,只要一说话,其余几个就专心倾听;坐在首席,举杯饮酒的时候,也总是他先喝。健儿不明白是什么缘故,而坐在末位那个戴帽子的,好像曾经见过面,斜眼一看,正是过去杀他的马、抢他钱财的那个年轻人。年轻人对健儿说:"主人还认得我这个老朋友吗?"健儿不敢搭理,年轻人说:"从前在路上,要你把腰包解下来赠送给我的,不是我是谁?我们哪里是什么抢劫财物的人,只是在驿站旁的酒店里,听到你说大话恐吓世人,所以来找你决一胜负,没想到你竟然输给我,今天特来把钱还你。"就从左袖取出三十两银子放在桌上,说:"这是本钱，如今已满一年，利息也应当像本钱一样多。"又伸到右袖拿出三十两银子，一起还给健儿。健儿不敢接受，旁边一个年轻人拔出利剑，瞪着眼说："钱被人夺走，不能拿回来，还给你又不敢拿，要你这样的懦夫有什么用！"健儿害怕，急忙把钱放进袖中，于是杀鸡做饭，准备热情款待，让大家欢乐一番。那些年轻人都不肯留下，归还银子的年轻人说："老头也怪可怜的，执意拒绝，太使他难受了。"大家才留了下来。这时灶下柴火用完，健儿要向邻居去求借，年轻人指着屋旁一棵枯树对他说："何不用斧头把它砍了？"健儿说："正苦于没有斧头呢。"年轻人犹豫了好久，说："这事要请十弟来办，我们九个人没有能力做到。"只见那小孩用两手抱住树干，左右扭动了几下，枯树就倒下了，于是大家拔出利剑砍下树枝，给健儿当柴烧。酒喝了不知多少，那伙人才告辞走了，健儿竟然不知道他们是谁。

  从此以后，健儿绝不与人家比试力气大小，人家打他，他把手插在袖中不加报复。有人问他："你从前的英雄气概到哪里去了？"健儿就以自己年老体衰推却，后来他活到很老才死，不能不说是年轻人对他的帮助啊！

女 侠

琴川潘叔明，是一个世家子弟，他的祖、父两代人都立有很大军功。他还在少年时就练习骑射，挽强跃骏，顾盼自雄。此人性格豪放不羁，喜好交游，养有食客近百人。

一天，有一个来自秦地的五台山的僧人拜谒叔明，希望能够得到一些募捐。说话过程中，潘叔明发现和尚有着独到的修养，便把他留了下来，住了半年，也不见其有要走的意思，每日三餐，不择蔬肉。一次，和尚看见潘叔明和朋友在广场上角力，比刀论剑，笑着对他们说："你们众人即便是矛戟如林，也比不上我用寸铁杀人。"大家都欢声鼓舞，雀跃一试，说："大师既然有绝顶之技，为什么不到此一比高低？"和尚说："想学我的功夫，必须先学蒲团上的功夫，能在一昼夜间一动不动，方可教也。"大家忙致谢不已。叔明信志颇笃，用心专一，闭关趺坐十天后，悄悄地到和尚那儿求教。和尚告诉他："修习武功要以勇武力量作为根基，智慧巧力是进一步的事。"旋即取出《易筋经》一卷,说:"此经不与世上所传的经卷相同,千万不要轻视它,用功演习一月,自然会达到奇妙境界。"说着,又从葫芦中取出药丸三十粒交给潘叔明:"每天服下一粒药丸,一定能显出功效,药丸用完了可以再来取。"潘叔明从此便谢绝人事,辛勤练功,丝毫也不松懈。久而久之,他便感到膂力比从前增强了数十倍,仿佛若有所得,出来同其他人角斗力量,居然没有能胜他的人。叔明从此更加认为学海无涯、山外有山,再次向和尚请求,希望能学到更多更为精湛的武功。和尚说:"想学全面一定不会学得精益求精。到头来不过是博而不精,反倒容易受人牵制。"叔明说:"既然如此,不如学习剑术。"于是和尚从葫芦中抽出一剑,锋锐凝霜,芒寒射月,犀利晶莹,殆无其比,说:"这是两千年前战国的欧冶子所铸之剑,绝非等闲之物,如果你的武功能够练到出神入化的境界,则剑与人可合二为一。"随后传授剑诀,命其屈膝倾听,每传授一句,一定抚摸他的头顶,过了好一阵子才结束,从此不分早晚教习他。大概过了一年,说:"你的功夫已经练成了。"和尚随后便远走他乡,从此便不知去向。

潘叔明既已精剑术,便有了云游天下之志。于是匹马裹粮,不带一童一仆,独自一人,足迹遍踏全国各地。有一天行走在山东境内,因为贪看山色,故而缓缓徐行,忽然听见林丛中有鸣镝声,正想回头一看,一支冷箭已飞到脑后,叔明随即以手接住，第二支箭又到了，便只好以所接之箭投出击之，两箭相撞，铿然作声。一男子纵马飞奔而来，虬髯燕颔，身材格外雄伟，叔明把箭投向空中，有如长虹贯天而来，前队十余人，头尽落地。那男子知道难以与之匹敌，便长啸而去。太阳快落山了，叔明便找了一个旅馆住下来。

不久，有一北方镖队押着货物来此卸装住宿，相互讲述盗贼的情况。叔明询问了一下大概情况，所见略同，便问："可否有什么闪失？"对方答："第一纲三千金，已被他们劫持而去。"叔明说："我看他们的行踪，应距离此地不远，为什么不去探探他们的巢窟？俗话说'不入虎穴，焉得虎子'，大家敢和我一同前往吗？"大家都喽嚅不敢应声，镖客中有两个少年愿意前往试之。于是，他们一同来到前一次遇盗贼的地方，纵马向荒山僻壤行走了十余里地，道路愈益险要，只好舍骑步行，弯弯曲曲地走了许多里，远远地望见森林中透有灯火之光，于是急忙向它靠近，发现一个特别宽绰的院落。四周均环以河水，无船可渡。潘叔明一跃而过，回头看两个少年镖客弟子，惴惴然不敢跨越，于是回来复挟二人一起飞跃而过。门外有恶犬数十只，对着他们大声狂吠，声音猛似虎豹，有两只巨犬，径直向叔明他们奔来，看架势仿佛要一口把他们生吞下去。叔明便分别击毙它们，其余恶狗只好喑喑不敢出声。刚打算叩门，门扉忽然呀呀而开，一少女飘然而出。但见她梳着一字椎髻，窄窄的袖子，左手持烛，右手仗剑，从内而出大声叱呵："何处莽男，深夜来此，想找死吗？"叔明指着带来的两人对少女说："梁师父有三千金暂时被你们抢走了，今特来索还，可立即送出来，不然，我潘叔明可是剑下无情。"只见少女冷冷一笑，竟然嗤之以鼻，把蜡烛吊在檐下，飞剑向他杀来。叔明急飞剑敌之，盘旋斗转，有若寒光万丈，逼人毛发。潘叔明竭尽生平所学之技，挥霍纵横，剑身不离少女前后左右。正打斗得兴致勃勃，少女剑光忽敛，一跃出十余丈外，连呼："止，止！"叔明也只好收剑站立一旁，问她何事，女子说："君莫非是五台山铁脊禅师的弟子吗？""是的。""那么我们是同门子弟啊！三千金是您的东西吗？可拿去。"于是吹了一声口哨，门内有十余名彪形大汉，应声而出，少女命令他们把抢来的三千金送到寓所归还其主人，不要稍作停留，于是邀叔明入内。

叔明想知道到底是怎么回事，亦不推辞，二弟子并随而入，登堂入室。先前所见之男子离座起迎，少女指着他向潘叔明介绍说："这是我的兄长，先前之事多有冒犯，请勿介意。"不一会儿，大摆酒宴，为叔明接风，少女谦虚地说："特备此拙宴，本不足以表达敬意，只聊表同门之友谊。"叔明谦逊而后坐，二弟子侍立于旁，两兄妹下首相陪，殷勤劝酒。席间谈及禅师现在秣陵相国寺，曾经以衣钵传于大弟子法显，双丸一剑，冠绝古今，恐怕天下少有能与之相匹敌

之人。"妹想前去和其一试武功，一观其技，但又恐怕功夫尚未练到更高地步，反为其所窘迫，若得如兄者相伴而行，可无忧矣！"潘叔明答应道："好吧！"互订京师相会之约，天一亮就与少女告别。到达寓所，知道三千金早已完璧归赵，镖客再三称谢，叔明说："幸好没有辱没使命，又何足道哉！"夜深入睡，取下帽子时，发现一绺头发缠于帽内；解开衣服，则内衣里自胸以下截如刀划，惊愕良久。第二天天亮，发现枕头下有匕首一具，白金五十两，题写两个字"赆仪"，下有一行小注："戋戋者聊为一醉资，明年南下，自当敬身道左，同作白门之游。"叔明这时才知那少女功夫远在己上，特因渊源一派，故留余情罢了。

　　叔明进京之后，遍游辽蓟、三韩、百济，回来路经山左之时，仍取旧道，少女已先在，笑说："君真是言必信，行必果之人。"叔明也以在吉林所得人参馈赠少女，说："聊以供您父母大人颐养之需。小弟今日余生，都是您所赐予，从此不敢轻夸剑术啊！"少女只顾低头嫣然一笑，并不作一语。叔明遂与少女并马还家，女兄早已候之门外，自门到堂前，则张灯结彩，灯火辉煌，结彩悬球，绚丽夺目，堂上锦绣成围；另有奴仆数十人，都鲜衣盛服，见了叔明都垂手侍立两旁。叔明看这位姑娘对待自己如此郑重其事，益发感到局促不安。这时，西室的酒席已经摆好，少女的兄长单独走来说："先为您洗尘。"酒过三巡，而饭也已摆好，宴毕，便沐浴更衣，左右服侍之人以喜服供上，叔明寻找故衣，对方回答："已交给婢媪浣洗去了。"问少女为何不来，左右皆笑而不答。不一会儿，堂外乐声大作，箫管悠扬，少女之兄急步走入说："我妹妹认为您是当代奇人，英雄儒雅，二者兼之，愿委身来侍奉您。今天晚上是良辰美景，大吉大利之期，希望您不要推辞。"叔明惊喜交加，无言以对，刚想说点什么，众乐竞奏，傧相再三相携，导者推推搡搡，出堂面北而立；少女也以红巾遮首而至，步履盈盈，娇态可掬。双方俱拜天地，然后步入洞房。少女仪态万方，天然妩媚。叔明备感眷恋，爱若明珠。

两人说剑之暇余，叔明细询其家世，才知道少女姓程，名楞仙，字香严；其兄名南，字秋浦，曾经是武进士，授职于都间，因不睦于营员，故而被罢官职。少女之父也是武生，好结交四方之士，江湖术士到他这儿来有所请求，没有不答应的，有"小孟尝"之称，最后终于败落其家田产。少女四五岁那年，就喜欢操弓矢、弄弹丸，在百步以外悬一东西为目标，百发百中。偶然有一次与孩子们游戏耍闹，恰巧碰见铁脊僧，他非常惊异于少女的玩技，说："这真是异材啊。"前往拜见少女的父亲，愿教其以武艺。少女之父便留铁脊僧在家，命令兄妹俩一起向他学习武功。小姑娘出来拜师，虽然年幼，但仿佛成人，铁脊僧非常喜爱，便悉心教授，三年乃教成。铁脊僧笑说："我的武功终于有了传人，你可出去与天下人比试，不会有失误。"少女的功夫在于能极尽变化之能事，一把长剑，两粒弹丸，每日里随身携带，随时于口中吐剑，指上出丸，在十里之外便可取人首。前几天铁脊僧来此处，称赞叔明的才能，并说她与叔明有缘，希望不要错过机会，因此只好略施小计而已。

法显也是铁脊僧得意传人，艳羡少女的美貌，希望能与之结为婚姻。少女听说这件事，非常憎恨，思量想办法报复他，嫁给叔明后，每天以秘诀之法教授他，令他和法显相斗，教习一年，试使演斗，笑说："还是不行啊！"法显听说这姑娘已嫁人，愤恨异常，想靠力量战胜他们，忌惮师父在，于是不敢发作。恰逢五台山寺中的方丈觉果因为寺中有怪物夜出迷惑僧众，被其惑者即为其所食，前后已达百人之多，于是便飞札相邀，希望靠其慧剑斩妖除害，铁脊僧欣然领命。师父刚走没多久，法显的书信也到了，信中大致内容如下："女菩萨心中有一法显，法显心中也有一女菩萨久矣。愿能以秘法喜结良缘，那么我将化身为十万金铃，常护名花，永不相犯；若你耽于外道，迷恋情魔，则在刹那之间，取你的头颅于衽席之上，到时休怪我法显三尺锋霜之利也！"

少女阅之，怒火中烧，对叔明说："明天我在你身上隐形，随你一同前往，你可以同他比剑，在他形神贯注之时，我猝不及防地杀出，以泄此愤，如何？"叔明说："妙则妙矣，但国有法律，杀人者抵命。"少女说："既然这样，则令他抱病而亡，你看怎么样？"于是就与法显相约某日斗剑于相国寺。

届时，叔明欣然赴约，法显问："女菩萨为何不来？"叔明说："闺阁女子，怎么能随随便便外出见人？"话还没说完，法显的剑已突出，叔明急忙出剑相抵，两剑腾跃空中，矢矫若龙。法显口吐双丸，直奔叔明之面而来。突然有一剑从叔明鼻中而出，径直穿进法显口中，法显倒地称腹痛，于是就罢斗。末后一剑，乃是少女身体所化，法显知道为其所算计，急奔秦中求师父帮助，半道而亡，少女才归还。计算一下，少女隐形于法显腹中六十余日，技艺也真神啊！

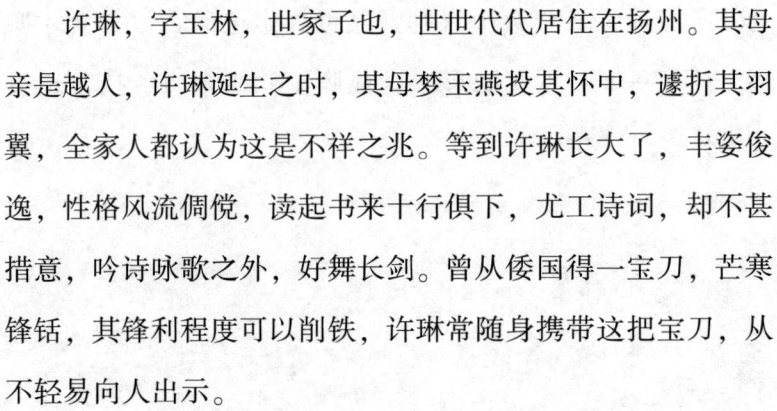

许玉林匕首

许琳,字玉林,世家子也,世世代代居住在扬州。其母亲是越人,许琳诞生之时,其母梦玉燕投其怀中,遽折其羽翼,全家人都认为这是不祥之兆。等到许琳长大了,丰姿俊逸,性格风流倜傥,读起书来十行俱下,尤工诗词,却不甚措意,吟诗咏歌之外,好舞长剑。曾从倭国得一宝刀,芒寒锋铦,其锋利程度可以削铁,许琳常随身携带这把宝刀,从不轻易向人出示。

一天晚上,许琳赴友人之宴回来,夜已深矣,新月已堕,忽明忽暗的几颗星疏散地点缀在空中,沿途经过一片旷野,林木凋敝,许琳独自行走竟然毫不畏惧。忽然磷火从树梢往下坠落,累累如贯珠,许琳向前用刀挥之,磷火则变成千百道白光,环绕在他的身边。许琳大惊,向前狂奔,而这些白光也紧随其后。

奔跑了几里路,忽然发现前面有一座富宅甲第,石狮左右蹲立，许琳径直向前叩响门扉。守门人问他为何深夜到此，许琳把迷路的经过告诉他。门打开了，他被带入内堂，则有一虬髯老者，身披犬戎之服，走下台阶，作揖行礼。互相寒暄一阵过后，才知道主人姓萧，职居总戎，剿匪有功。墙壁上悬挂数十柄刀，都寒光闪闪，锋芒毕露，与灯烛之光相激射。许琳望着这些东西发呆，主人笑问："您也爱好这类东西吗？"许琳说："对，颇有同样之爱好。"并解下自己所佩之刀让他看。主人说："这不过是一片朽铁罢了，怎么能说是宝刀呢？我从前从军金陵，破城那天，我飞身跳上雉堞，从颓垣败壁之中，行走到靠近伪天王府的地方。它的后园有一枯井，井内白光闪闪，上冲云霄。我很奇怪，第二天招募健卒数人，用绳子吊下去看看有没有什么特别东西，发现井底有一石匣，缄封甚固。用锤子敲碎石匣，其中有一把匕首，精莹如新发于硎，刀背铸有双龙，并刻有蝌蚪文字数十个，没有人认得，大概是刀的铭文吧！当时正搜擒逃逸的流贼，他们一碰我的这把刀刃，血出如缕，无不立刻殒命，于是大家都知其为宝刀。曾侯听说这件事，向我索取一观，认为是周秦时的物件。蝌蚪字无人能识，幕府中只有张君山一个人，约略能辨，为我翻译其中的意思，大约是：'彩铁链，质刚性柔，敛锷于匣，得气之秋，用则佐汝封侯，不用则斩天下不义丈夫头。'我从前佩带它，片刻也不曾离身，现在年龄已大，再也没有腾骧之志，今天发现你这个年轻人属于豪迈者之流，愿解以相赠。"便命童子从内捧出，主人握之，出立中庭，盘旋舞之，目睹刀光，却不见人体。舞毕，主人把匕首交给许琳说："这把刀能斩妖避邪，要谨慎地使用，虽是径尺之铁，但却掷之可洞，希望你能够好好保护它，并以此建立奇功。"许琳得此匕首，非常高兴，长跪以谢。主人命他夜宿于东厢。天刚亮，许琳就醒了，只觉凉露侵衣，寒风入骨，睁眼一看，发现自己卧在丛冢之间，而匕首却在手中，因此叹诧为奇遇。由于天刚亮，树色依稀可辨，许琳发现一巨冢，竖一石碑，上写"萧军门墓道"。许琳恍然大悟，知道这就是昨天晚上所遇之主人，于是又振衣再拜，踉跄归家。

许琳的舅舅在蜀中做官，招他前去帮助办理案件。他于是束装就道，路经楚南之地，在旅店借宿。寓中宾客已满，只有后楼三大间，空无人居，许琳请求在此住宿。主人说："整栋楼被妖物所占据，久已封锁，进去居住一定对客人不利。"许琳说："妖是由人兴的，他能怎么样呢？"坚持要主人为其扫除，衹被住宿。主人拗不过他，只好听之任之。许琳进去后，夜晚秉烛观书，宵柝初停，夜半三更，万籁俱寂之时，听到楼上有弓鞋走动的细碎声，又有妇女的笑语声，不禁毛发悚然，继而寻思："有匕首在，何足惧哉？"因而趴在桌上假装睡觉，并暗暗偷看。过了一会儿，有三个女子联翩而至，容貌妖艳，衣服都不是当时当世的装束，见许琳便却步而立，大声说："哪里来的狂徒，竟敢闯入闺阁？应叫赤精子来赶走他。"三女子都撮口作声，只见哨声响起之后，立刻狂风四起，窗扇尽开，一条长达数丈的蛇，浑身赤如火，从空中飞入，张目吐舌，将要一口吞掉许琳。他立刻拔出匕首斩之，划然一声如裂帛，则蛇已断为两截，化作双剑，制式古雅，绝非当时的东西。三女子也突然不见了，许琳就枕匕首而睡。第二天早晨，主人打开房门，发现他没有什么异样，便下拜道："我见的人也很多了，您绝非常人啊！"许琳也不告诉他所以然，便背剑离去。

许琳路经峨眉山下，正当缓辔慢行，饱览山色之时，忽然有一物从茂林中奔腾而出，疾快如掣电，直向他奔来。马见了，掀起前两蹄，做人立起之状。许琳连忙取出匕首，囊中双剑亦长啸作声，破匣并出，匕首就手腾空，一块进入云端。不一会儿，发现有一物下坠，蛇身犬首，鳞角俱备，毛血淋漓。匕首仍在许琳手中，但双剑却杳无下落。许琳因此感叹神物不肯久驻人间，怏怏而行。

到达舅舅那里任职以后，许琳宿于西轩，一次偶然酒酣兴至，为宾客说其所见，大家都想看看匕首，以供赏鉴。许琳慨然出示，府中之人传览个遍。他的舅舅见了说："怪哉，这与我家小女儿所藏之物，大概只有雌雄的分别吧。峨眉山有个隐居的道人，是当今的异人，不但精通符箓，且长于剑术，从不轻易授人。前年我的小女儿随母亲去山寺游玩，道人见她,惊诧道:'此女聂政啊!怎么会在人间呢?'过了几天,到府上来拜访我,说是愿意把剑术教给我女儿。我说:'这不是女子所行之事。'笑着谢过了他。道人长叹而去,说:'这是劫数不可逃啊!'临行时以匕首一把赠给我说:'应该让女公子日夜佩带它,则可以远害全身!'我坚辞不肯接收,则道人去已远矣。今匕首尚在我女儿那儿。几天前熠然作光,用厚锦包之,亦包不住,大约是雌雄作合之兆吧?"许琳请他仔细谈谈匕首的情况,其舅说:"你的匕首,匕首纹凸而显出;我女儿的匕首,匕首纹凹而深入。你的匕首铭的是阳文,我女儿的匕首则铭的是阴文。"取出比视,果然发现两匕首长短不差一寸,许琳也为之叹异。舅女性格婉转和顺,容貌妍好,工于刺绣,兼涉书史,因为择对配偶,甚为苛刻,故而至今尚未许配人家。许琳年龄已超过弱冠之年,志在四方,目前尚未娶亲。舅舅因为匕首异同之故,便有招婿之意,写书信和许母密商。许母亦认为可以,便请中人做媒以成其二人婚事。婚后两人间甚相得,花晨月夕,互相唱酬,闺房之乐,比画眉者有过之而无不及。

一天早晨,敲门不开,叫他们也听不见声息,推门入观,发现二人都裸卧血泊之中,而且头都不见了。一家人惶然无措,计无所出,检点室内东西,箱笼如故,只是匣中的两把匕首都已羽化。这时许琳之舅才想起那个隐居道人所说之话,仿佛是谶语,怀疑他有先知之能,急派人前往询问。

到那儿才发现匕首宛然在道人案上,嗅之还有股血腥味,余下的血渍都是新的,于是返告主人。许琳之舅亲自到寺中求见,但道士已遁去多时,搜查他的房屋,男女二人之头,赫然并在。在山中搜索了三天,终究找不着道人,不得已,只好纳首于棺木中,找个时间埋葬,等到抬棺入土,却轻若无物,由于惊异而打开看时,竟是空棺一具。人们都认为许琳和其舅之女都是剑侠之流,不过游戏人间,借尸解仙而去。

漆身吞炭

赵襄子灭了智伯之后，老是提心吊胆地害怕有人给智伯报仇。有一天，他上厕所，刚到门口，眼前有个黑影一晃。他有点怀疑，叫手下的人先上厕所瞧瞧去，果然逮着了一个刺客。赵襄子认得他是智伯的家臣豫让，就问道："你干什么来了？"豫让说："我来给智伯报仇。"手下的人把他捆了起来，让赵襄子杀他，赵襄子反倒说："智伯的一家子全都灭了，豫让还想替他主人报仇，就算成了，也立不了功，得不了赏赐，他真是个义士，放了他吧！"手下的人只好放了他。豫让刚要往外走，赵襄子问他："我这回好好地放了你，咱们的仇总算解了吧？"豫让说："您放我是私恩，我报仇是大义。"他们又把豫让捆上，对赵襄子说："这小子太没良心，您要是放了他，赶明儿准出麻烦。"赵襄子说："我已经说过放他，不能说了不算。"

豫让回到家里，天天想着行刺的法子，他的媳妇说：

"你这是何苦呢？智伯家已经没有人了，你就是报了仇，谁领你的情呢？你去投奔韩家和魏家不是一样能够得到富贵吗？"豫让听了，赌着气撇下他的媳妇出去了。后来听说赵襄子住在晋阳，他打算上那边去，可是赵家已经有不少人认识他，他不能再露面，于是把头发和眉毛都剃了，然后在脸上和身上涂上油漆，活像个浑身长癞疮的人，身上披了一件破破烂烂、邋里邋遢的衣裳。他到了晋阳城里，躺在街上要饭，自以为没有人认得他了。哪儿知道他的话音被一个朋友听了出来，那人偷偷和他说了几句话，拉他上家里喝酒，喝酒之间，那位朋友劝他："你要报仇，得想个计策，比方说，你去投降赵家，他知道你的才干，准能用你，碰巧了，你再下手，不就容易多了？"豫让不赞成这个主意，他说："我最恨的就是这种人，既然投了人家，就该效忠，要是回头又害人家，这是最不忠实的了。我替智伯报仇，为的就是给那些反复无常、心怀二意的人看，让他们听到我这种作风，好觉得害臊。"

这回豫让给他的朋友听出声音来，他知道光是打扮成这个样子还不行，就吞了几块炭，把嗓子弄坏了。打这时候起，这个哑嗓子要饭的天天候着赵襄子。

智伯曾经挖了一条河，赵襄子一想有条河也挺方便，所以不但没有把它填上，反倒在河上修了一座桥。桥修好之后，赵襄子先要上去看看，正要上去，就发现一具尸体在旁

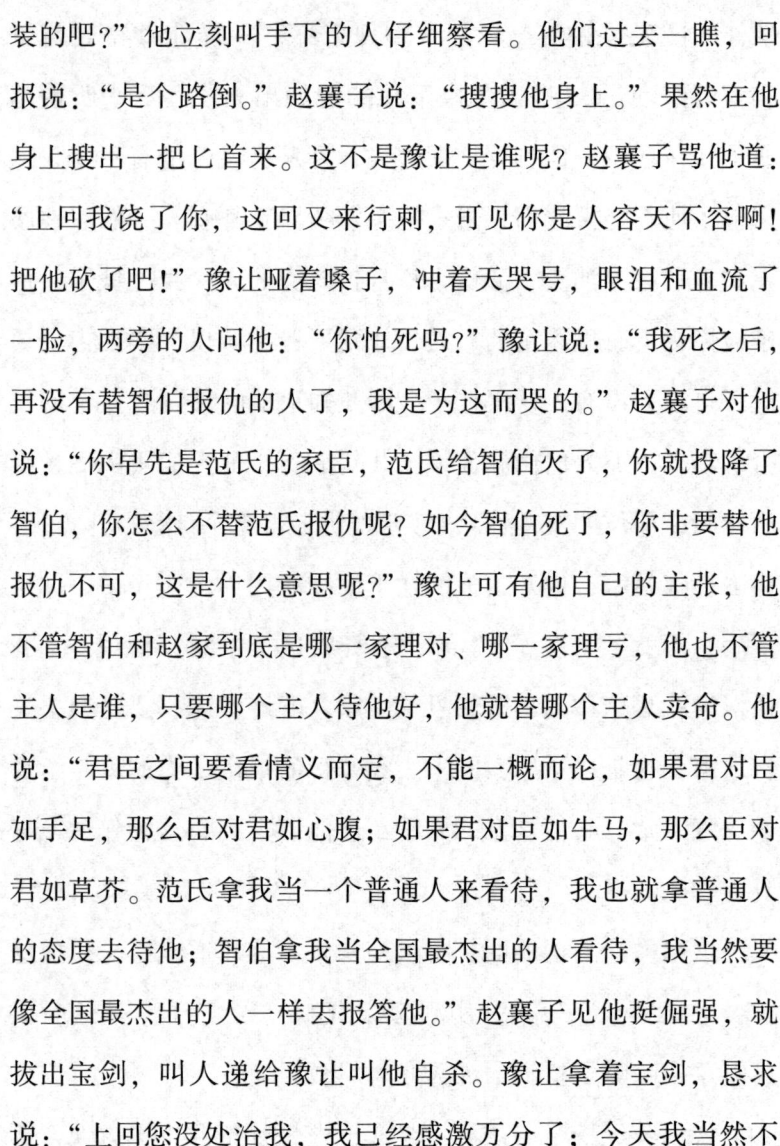

边倒着,他想:"桥刚修好,哪儿来的尸体呢?别是豫让假装的吧?"他立刻叫手下的人仔细察看。他们过去一瞧,回报说:"是个路倒。"赵襄子说:"搜搜他身上。"果然在他身上搜出一把匕首来。这不是豫让是谁呢?赵襄子骂他道:"上回我饶了你,这回又来行刺,可见你是人容天不容啊!把他砍了吧!"豫让哑着嗓子,冲着天哭号,眼泪和血流了一脸,两旁的人问他:"你怕死吗?"豫让说:"我死之后,再没有替智伯报仇的人了,我是为这而哭的。"赵襄子对他说:"你早先是范氏的家臣,范氏给智伯灭了,你就投降了智伯,你怎么不替范氏报仇呢?如今智伯死了,你非要替他报仇不可,这是什么意思呢?"豫让可有他自己的主张,他不管智伯和赵家到底是哪一家理对、哪一家理亏,他也不管主人是谁,只要哪个主人待他好,他就替哪个主人卖命。他说:"君臣之间要看情义而定,不能一概而论,如果君对臣如手足,那么臣对君如心腹;如果君对臣如牛马,那么臣对君如草芥。范氏拿我当一个普通人来看待,我也就拿普通人的态度去待他;智伯拿我当全国最杰出的人看待,我当然要像全国最杰出的人一样去报答他。"赵襄子见他挺倔强,就拔出宝剑,叫人递给豫让叫他自杀。豫让拿着宝剑,恳求说:"上回您没处治我,我已经感激万分了;今天我当然不想再活了,可是我两回报仇都没报成,心里的怨恨没处撒。您是个明白人,总能体会到我的苦衷,我央告您把衣裳脱下来，让我砍三刀，我死了，口眼也闭了。"赵襄子很讨厌豫让，可是他确实希望自己的臣下能像豫让那样替他卖命，就脱下外衣叫人递给他。豫让拿过来，一连砍了三刀，笑着说："我现在可以去见智伯了。"说完就自杀了。

神偷寄兴一枝梅　侠盗惯行三昧戏

诗曰：

剧贼从来有贼智，其间妙巧也无穷。
若能收作公家用，何必疆场不立功。

自古说孟尝君养食客三千，鸡鸣狗盗之徒多收拾在门下。孟尝君后来被秦王拘留，无计得脱。秦王有个爱姬传语道："闻得孟尝君有领狐白裘，价值千金，若将来送我，我替他讨个人情，放他归去。"孟尝君当时只有一领狐白裘，已送上秦王，收得府库，哪得再有。其时狗盗便献计道："臣善狗盗，往库内偷将出来便是。"这人善做狗嗥，就假做了狗，爬墙越壁，快捷如飞，果然把狐白裘偷了出来，送与秦宫爱姬，才得善言放脱。连夜行到函谷关，孟尝君恐怕秦王有悔，后面追来，急要出关，当得关上直等鸡鸣才开。

孟尝君着了急，那时食客道："臣善鸡鸣，此正用得着。"就曳起声音学作鸡鸣起来，果然与真无二。啼得两三声，四下群鸡皆鸣，关吏听得，把关开了，孟尝君才得脱。孟尝君平时养了许多食客，今脱秦难，却得此两小人之力，可见天下寸长之技，俱有用处。而今世上只重着科目，非此出身，似有天大本事也一概无用，所以有奇巧智谋之人没处施展，多赶去做了为非作歹的勾当，若是将善用的人才聚拢来，随意酌用，未必不得他气力，且省得他流在盗贼里头去了。

且如宋朝临安有个剧盗叫作"我来也"，不知他姓甚名谁，他到人家偷盗了物事，一些踪影也不露出来，只是临行时壁上写着"我来也"三个字。第二日人家看了字，方才检点家中，晓得失了贼；若无此字，竟是神不知、鬼不觉的，煞好手段。

临安地方受他薹恼不过，纷纷告状，府尹责着缉捕使臣严行挨查，要获着真正写"我来也"三字的贼人，却是没个姓名，无人肯认账。使臣人等没有办法，只得用心体访，原来随你巧贼，须瞒不过公人，占风望气，定然知道的，只因拿得甚紧，毕竟不知怎的，缉着了他的真身，解到临安府里来。府尹升堂，使臣禀说："缉拿了真正'我来也'，虽不晓得姓名，却正是写这三字的。"府尹道："何以见得？"使臣道："小人体察甚真，一些不差。"那个人道："小人是良民，并不是什么'我来也'。公人们比较不过，拿小人来冒充的。"使臣道："确是真正的贼口，听他不得。"府尹只是疑心，使臣们禀道："小人们费了多少心机，才访得着，若是被花言巧语脱了出去，后来小人们再没处拿了。"府尹欲待要放，见使臣们如此说，又怕是真的，万一放去了，难以寻他，再不好比较缉捕了，只得权且放下监中收监。

那人一到监中，便好言对狱卒道："进监的旧例该有使费，我身边之物尽被做公的搜去，我有一主银两在狱庙里神座破砖之下，送与哥哥做拜见钱，哥哥只做去烧香，取了来。"狱卒似信不信，免不得跑去一看，果然得了一包东西，有二十余两。狱卒大喜，遂把那人好好看待，渐加亲密。一日，那人又对狱卒道："小人承蒙哥哥盛情，十分看待得好，小人无可报效，还有一主东西，在某处桥梁之下，哥哥去取了，也见小人一点敬意。"狱卒道："这个所在是往来之所，人眼极多，如何取得？"那人道："哥哥将个筐篮，盛着衣服，到那河里去洗，摸来放在篮中，就把衣服盖好，却不拿将来了？"狱卒依言，如法取了来，没人知觉，简简物事，有百金之外。狱卒一发喜谢不尽，爱厚那人如同骨肉，晚间买酒请他。酒中，那人对狱卒道："今夜三更，我要到家里看一看，五更即来，哥哥可放我出去一遭？"狱卒思量道："我受了他许多东西，他要出去，作难不得，但万一不来了，怎么处？"那人见狱卒迟疑，便道："哥哥不必疑心，小人被做公的冒认作'我来也'，送在此间，既无真名，又无实迹，须问不得小人的罪，小人少不得辨出去，一世也不得私逃的，但请哥哥放心，只消两个更次，小人仍旧在此了。"狱卒见他说得有理，想道："一个不曾问罪的人，就是失了，没什么大事。他现在与了我许多银两，拼得与他使用些，好歹糊涂得过，况他未必不来的。"就依允放了他，那人不由狱门，竟在屋檐上跳了上去，屋瓦无声，早已不见。到得天未大明，狱卒宿酒未醒，尚在蒙眬，那人已从屋檐跳下，摇起狱卒，道："来了，来了。"狱卒惊醒，看了一看，道："有这等信人。"那人道："小人怎敢不来，有累哥哥？多谢哥哥放了我去，已有小小谢意，留在哥哥家中，哥哥快去收拾了来。小人就要别了哥哥，当官出监去了。"狱卒不解其意，急回到家中，家中妻子说："有件事正要你回来得知，昨夜更鼓尽时，不知梁上什么响，忽地掉下一个包来，解开看时，尽是金银器物，敢是天赐我们的？"狱卒知是那人的缘故，急摇手道："不要作声，快收拾好了，慢慢受用。"狱卒急转到监中，又谢了那人。

须臾，府尹升堂，放告牌出，只见纷纷来告盗情事，共有六七纸，多是昨夜失了盗，墙壁上俱写"我来也"三字，恳求着落缉捕。府尹道："我原疑心前日监的未必是真的'我来也'，果然另有这个人在那里，那监的岂不冤枉？"即叫狱卒来，吩咐："快把前日监的那人放了。"另行责着缉捕使臣，定要访个真正的"我来也"解官，立限比较，岂知真的却在眼前放过了。只有狱卒心里明白，伏他神机妙用，且受过重贿，再也不敢说破。

你道此人如此智巧，可不是有用得着他的去处吗？

且说明朝嘉靖年间，苏州有个神偷懒龙，事迹颇多，虽是个贼，却煞是有义气，兼带着戏耍，就来有许多好笑好听之处。有诗道：

谁道偷无道，神偷事每奇。
更看多慷慨，不是俗偷儿。

懒龙原是苏州亚字城东玄妙观前第一巷的人，不晓得其姓氏名谁，后来他自号懒龙，人们也只称呼他是懒龙。其母村居，偶然走路，遇着天雨，走到一所古庙中避着，却是草鞋三郎庙。其母坐久，雨尚不停，昏昏睡去，梦见神道与她交感，归来有妊，满了十月，生下这个懒龙来。懒龙生得身材小巧，胆气犺猛，心机灵变，度量慷慨。其人出没如鬼神，去来如风雨，果然是天下无双手，人赞人间第一偷。懒龙不但伎俩巧妙，又有几件稀奇本事，奇异性格，自小就会着了靴在壁上走，又会说十三省的方言乡谈；夜间可以通宵不睡，日间可以连睡几日；不茶不饭，有时又放量一吃，酒数斗饭数升，不够一饱；有时不吃起来，便动几日不饿；鞋底中掺有稻草灰，走步绝无声响。与人相扑吊臂，摩肩接踵，往来倏忽如风，想来《剑侠传》中白猿公、《水浒传》中鼓上蚤，其矫捷不过如此。自古道"性之所近"，懒龙既有这番本事便自藏埋不住，好与少年无赖的人往来，习成偷儿行径。其时有数个吴中高手，见了懒龙手段，尽皆心服，自以为不及，懒龙原没什么像样家什，今一发弃了，到处为家，但见其影，不见其形，半夜便窃入大户朱门寻宿处，玳瑁梁间，鸳鸯楼下，绿屏之内，画阁之中，缩作刺猬一团，没一处不是他睡场，得便就做他一手。因是终日会睡，变换不测如龙，所以人叫他懒龙。所到之处，但得了手，就画一枝梅花在壁上，在黑处将粉写白字，在粉墙将煤写黑字，再不空过，所以又叫他作一枝梅。

嘉靖初年，洞庭两山出蛟，太湖边山崖崩塌，露出一古冢朱漆棺，宝物无数，尽被人盗去无遗。有人传说到城，懒龙偶同亲友泛湖，因到其处，看见藤蔓缠棺，已被斩断，发开棺中，唯枯骸一具，冢旁有断碑模糊。懒龙道是古来王公之墓，不觉恻然，就与他掩蔽了。即时出些银两，雇本处土人，聚土埋藏好了，把酒浇奠。奠毕，将行，懒龙见草中一物碍脚，俯首取起，乃是古铜镜一面，急藏袜中，不与人见。及至城中，将往僻处刷净泥滓。细看那镜，小只有四五寸，面上精光闪烁，背上鼻钮四旁隐起穷奇、饕餮、鱼龙、波浪之形。满身青绿，尽蚀朱砂、水银之色。试敲一下，其声泠然。晓得是件宝贝，将来佩戴身边。到得晚间，将来一照，暗处皆明，雪白如昼。懒龙得了此镜，出入不离，夜行更不用火，一发添了一助。别人怕黑时节，他竟同日里行走，偷法愈便。

却说懒龙虽是偷儿行径，却有几件好处：不肯淫人家妇女；不入良善与患难之门；与人说了话，再不失信；亦且仗义疏财，偷来东西，随手散与贫穷负极之人。最要蒿恼那悭吝财主、无义富人，逢场作戏，做出笑话。因此到所在，人多依草附木，成群结队皈依他，义声赫然。懒龙笑道："我无父母妻子可养，借这些世间余财聊救贫人，正所谓'损有余，补不足'，天道当然，非关吾的好义也。"

一日，有人传说，一个大商下千金在织人周甲家，懒龙要去取他的。酒后，错认了所在，误入了一个人家。其家乃是个贫人，房内只有一张大几。四下一看，别无长物。既已进了房中，一时不好出去，只得伏在几下。看见贫家夫妻对食，盘餐萧瑟，夫满面愁容，对妻道："欠了客债要紧，别无头脑可还，我不如死了罢。"妻子道："怎便寻死，不如把我卖了，还好将钱营生。"说罢，夫妻泪如雨下。懒龙忽然跳将出来，夫妻慌怕。懒龙道："你两个不必怕我，我乃懒龙也，偶听人言，来寻一个商客，错走至此。今见你每生计可怜，我当送二百金与你，助你经营，快不可别寻道路，如此苦楚。"夫妻素闻其名，拜道："若得义士如此厚恩，吾夫妻死里得生了。"懒龙出了门去，一个更次，门内铿然一响。夫妻走起看时，果然一个布袋，有银二百两在内，乃是懒龙是夜取得商人之物。夫妻喜悦非常，写个懒龙牌位奉事终身。

有一贫儿，少时与懒龙游狎，后来消乏，与懒龙途中相遇，身上褴褛，自觉羞惭，引扇掩面而过。懒龙抓住其衣，问道："你不是某舍吗？"贫儿局促不安："惶恐，惶恐。"懒龙道："你一贫至此，明日当同你到一大家，取些来付你，勿得妄言。"贫儿晓得懒龙手段，又不是哄人的，明日傍晚来寻懒龙。懒龙与他共至一所，乃是士夫家池馆。

懒龙吩咐贫儿止住在外，自己辣身攀树越垣而入，许久不出。贫儿屏气吞声，蹲踞墙外，又被群犬嚎吠，赶来咬他。贫儿绕墙走壁，微听得墙内水响，有一物如一人水鸬鹚，从林影中坠地。仔细看看，却是懒龙，浑身沾湿，状甚狼狈，对贫儿道："我为你几乎送了性命，里面黄金无数，可以斗量，我已取到了手，因为外边犬吠得紧，惊醒里面的人，追将出来，只得丢弃道旁，轻身走脱，此乃子之命也。"贫儿道："龙往日手到擒来，今日如此，是我命薄。"叹息不胜。懒龙道："不必烦恼，改日别作道理。"贫儿怏怏而去。

过了一个月，懒龙路上又遇到他，哀告道："我穷得不耐烦了，今日去卜问一卦，遇着上上大吉，财爻发动，先生说：'当有一场飞来富贵，是别人做成的。'我想不是老龙

还哪里指望。"懒龙笑道:"吾几乎忘了,前日那家金银一箱已到手了,若竟把来与你,恐那家察觉,你藏不过,做出事来,所以权放在那家水池内,再看动静。今已个月期程,不见声息,想那家不思量追访了,可以取之无碍,晚间当再去走遭。"贫儿等到薄暮,来约懒龙同往。懒龙一到彼处,须臾之间,背负一箱而出。急到僻处开看,将着身带宝镜一照,里头尽是金银。懒龙分文不取,也不问多少,尽数与了贫儿,吩咐道:"这些财物可够你一世了,好好将去用度,不要学我懒龙,混账半生,不做人家。"贫儿感激谢教,将着做本钱,后来竟成富家。懒龙所行之事,每多如此。

  懒龙固然手段高强,却也有遇着不巧,受了窘迫,失手时节,但他却会逢急生智,脱身溜撒。曾有一日,走到人家,见衣橱开着,急向里头藏身,要取橱中衣服。不料这家子临上床时,将衣橱关好,上了大锁,竟把懒龙锁在橱内了。懒龙出来不得,心生一计,把橱内衣饰紧缠在身,又另包一大包,俱挨着橱门,口里就做鼠咬衣裳之声。主人听得,叫起老妪来,道:"为何把老鼠关在橱内了,可不咬坏了衣服,快开了橱,赶了出来。"老妪取火开橱,才开得门,那挨着门口的包儿先滚下地。说时迟,那时快,懒龙随着包也一同滚将出来,就势扑灭了老妪手中之火。老妪吃惊,大叫一声。懒龙恐怕人起难脱,急取了那个包,遂将老妪要处一拨,扑的跌倒在地,往外便走。房中有人走起,地上踏着老妪，只说是贼，拳脚乱下。老妪喊叫连天，房外人听得房里乱嚷，尽奔将来，点起火一照，见是自家人厮打，方喊得住，懒龙不知已去过几时了。

有一纺织人家，客人将银子定下绸罗若干，其家夫妻收银箱内，放在床里边。夫妻同寝在床，夜夜小心谨守。懒龙知道，要取他的，闪进房去，一脚踏了床沿，挽手进床内，掇那箱子。妇人惊醒，觉得床沿上有物，暗中一摸，晓得是只人脚，急用手抱住不放，忙叫丈夫道："快起来，吾捉住贼脚在这里了。"懒龙即将其夫之脚用手抱住一掐，其夫负痛，忙喊道："是我的脚，是我的脚。"妇人认是错拿了夫脚，即时把手放开。懒龙便掇了箱子，如飞出房。夫妻俩还争个不清，妻道："分明拿的是贼脚，你却叫放了。"夫道："现今我脚掐得生疼，哪里是贼脚。"妻道："你脚在里床，我拿的在外床，况且我不曾掐着。"夫道："这等是贼掐我的脚，你只不要放那只脚便是。"妻道："我听你喊将起来，慌忙之中，认是错了，不觉把手放松，他便抽得去了，着了他贼见识，定是不好的了！"摸摸里床，箱子果是不见。夫妻两个，我道你错，你道我差，互相埋怨不了。

懒龙又走在一个卖衣服的铺里，寻着他衣库，正要拣好的卷他，黑暗难认，却把身边宝镜来照。谁想隔壁人家有人在楼上做房，楼窗看见间壁衣库亮光一闪，如闪电一般，情知有些闪失，忙敲楼窗，向铺里叫道："隔壁仔细，家中敢有小人了。"铺中人惊起,口喊:"捉贼。"懒龙听得在先,看见庭中有一只酱缸,上盖篷草,懒龙慌忙揭起,蹲在缸中,仍复反手盖好。那家人提着灯,各处一照,不见影响,寻到后边去了。懒龙在缸里想道:"方才只有缸内不曾开看,今后头寻不见,此番必来,我不如往看过的所在躲去。"又思身上衣已染酱,淋漓开来掩不得踪迹,便将衣服卸在缸内,赤身脱出来,把脚踪印些酱在地下,一路到门,把门开了,自己翻身进来,仍入衣库中藏着。那家人后头寻了一转,又将火到前边来,果然把酱缸盖揭开,看时,却有一套衣服在内,认得不是家里的,多道:"这分明是贼的衣裳了。"又见地下脚踪自缸边到门边,门已洞开,尽皆道:"贼见我们寻,慌忙躲在酱缸,我们后边去寻时,他却脱下衣服逃走了,可惜看得迟了些个,不然此时已被我们拿住。"店主人家道:"赶得他去也罢了,关好门歇息吧。"一家尽道贼去无事,又折腾了一会儿,放倒了头,大家酣睡。谁知贼还在家里,懒龙安然住在锦绣中,把上好衣服绕身系束得紧紧,把一领青旧衣外面盖着,又把细软好物装在一条布被里面,打做个包儿,弄了大半夜,负了从屋檐上跳出,这家人没一个知觉。

跳到街上,正走时,天尚黎明,有三四个一起早行的人前来撞着,见懒龙独自一个,负着重囊侵早行走,疑他来路不正,拦住道:"你是什么人?从哪里来?说个明白,方放你走。"懒龙口不答应，伸手在肘后摸出一包，抛在地上就走，那几个人多来抢看，见上面牢卷密扎，道它必是好物，争先来解，解一层，又有一层，就似剥竹笋一般，且是层层捆得紧。剥了一尺多，里头还不尽，剩有一拳头大一块，疑道："不知裹着什么？"众人不肯住手，还要夺来解，看那先前解下的，多是敝衣破絮，零零落落，堆得满地。正在闹嚷之际，只见一群人赶来，道："你们偷了我家铺里衣服，在此分赃吗？"不由分说，拿起器械，蛮打将来。众人呼喝不住，见不是头，各跑散了。中间拿住一个老头儿。天色暗黑之时，也不来认面庞，一步一棍直打到铺里，老头儿口里乱叫乱喊，道："不要打，不要打，你们错了。"众人多是兴头上，人住马不住，哪里听他？看看天色大明，店主人仔细一看，乃是自家亲家翁，连忙喝住众人，已被打得头虚面肿。店主人忙赔不是，置酒请罪。因说失贼之事，老头儿方诉出来，道："适才同两三个乡里人做伴到此，天未明亮，因见一人背驮一大包行走，正拦住盘问，不匡他丢下一件包裹，多来夺看，他乘闹走了。谁想一层一层是破衣败絮，我们被他哄了，不拿得他，却被这里人不分皂白混打一番，把同伴人惊散，便宜那贼骨头，又不知走了多少路了。"众人听了这话，大家惊悔。邻里闻知某家捉贼错打了亲家公，传为笑话。原来那个大包就是懒龙在衣橱里把闲工结成，带在身边，遇人尾追，把此抛下，做缓兵之计。这多是他临危急智、脱身巧妙之处。

懒龙神偷之名四处布闻，街中巡捕张指挥访知，叫巡军拿去。指挥见了问道："你是个贼的头儿吗？"懒龙道："小人不曾做贼，怎说是贼的头儿？小人不曾有一毫赃私犯在公庭，亦不曾有盗窃贼伙板及小人，小人只为有些小智巧，与亲戚朋友做耍之事，间或有之。爷爷不要见罪小人，或者有时有用着小人的，水里火里，万死不辞。"指挥见他身材小巧，语言豪爽，想道："无凭无证，难以罪他。"又见说肯出力，思量这样人有用处，便没有难为的意思。正说话间，有个阊门陆小闲将一只红嘴绿鹦哥来献与指挥。指挥教把锁镫挂在檐下，笑对懒龙道："闻你手段神通，你虽说戏耍无赃，量你偷人的也不少。今权且恕你罪，我只要看你手段。你今晚若能偷得我这鹦哥去，明日送来还我，凡事不计较你了。"懒龙道："这个不难，容小人出去，明早送来。"懒龙叩头而出，指挥当下吩咐两个守夜军人："小心看守架上鹦哥，倘有疏失，重加责治。"两个军人听命，守护在檐下，一步不敢走离，虽是眼皮压将下来，只得勉强支持，一阵盹睡，闻声惊醒，甚是苦楚。

夜已五更，懒龙走在指挥书房屋脊上，挖开椽子，溜将下来，只见衣架上有一件沉香色披风，几上有一顶华阳巾，壁上挂一盏小行灯，上写着"苏州华堂"四字。懒龙心思有计，登时把衣巾来穿戴了，袖中拿出火种，吹起烛煤，点了行灯,提在手里,装着老指挥声音步履,仪容气度无一不像。走到中堂壁门边,把门哗地打开了,远远放住行灯,踱出廊檐下来。此时月色朦胧,天光昏惨,两个军人大盹小盹,方在困倦之际。懒龙轻轻踢他一下道:"天色渐明,不必守了,出去吧。"一头说,一头伸手去提了鹦哥锁镫,望中门里面摇摆了进去。两个军人闭眉刷眼,正不耐烦,听得发放,犹如九重天上赦书来了,哪里还管什么好歹,一道烟去了。

须臾天明,张指挥走将出来,鹦哥不见在檐下,急唤军人问他,两个多不在了。忙教拿来,两个还是残梦未醒。指挥喝道:"叫你们看守鹦哥,鹦哥在哪里?你们倒在外边来!"军人道:"五更时,恩主亲自出来取了鹦哥进去,发放小人们归去的,怎么反问起小人要鹦哥?"指挥道:"胡说!我何曾出来?你们见鬼了。"军人道:"分明是恩主亲自出来,我们两个人同在那里,难道一齐眼花不成?"指挥情知尴尬,走到书房,仰见屋椽有孔道,想必在这里着手去了。正迟疑间,外报懒龙将鹦哥送到。指挥含笑出来,问他何由偷得出去?懒龙把昨夜着衣戴巾,假装主人取出鹦哥之事说了一遍。指挥惊喜,大加亲幸。懒龙也时常有些小孝顺,指挥一发心腹相托,懒龙一发安然无事。普天下巡捕官偏会养贼,从来如此。

虽如此说,懒龙果然与人做戏的事体多。曾有一个博徒

在赌场上中了彩,背负千钱回家,路上撞见懒龙。博徒指着钱,对懒龙道:"我今夜把此钱放在枕头底下,你若取得去,明日我输东道;若取不去,你请我吃东道。"懒龙笑道:"使得,使得。"博徒归到家中,对妻子说:"今日得了彩,把钱藏在枕下了。"妻子心里欢喜,杀一只鸡温酒共吃。鸡吃不光,还剩一半,收拾在橱中,上床同睡。又说了与懒龙打赌赛之事,夫妻相戒,大家醒觉些个。岂知懒龙已在窗下一一听得,见他夫妻怜惜,难以下手,心生一计,便走去灶下拾根麻骨,放在口中嚼得咯咯有声,竟似猫儿吃鸡之状。妇人惊起,道:"还有老大半只鸡,明日好吃一顿,不要被这畜生抢了去。"连忙走下床来,去开橱来看。懒龙闪入天井中,将一块石头抛下井里,"咚"的一声响。博徒听得,惊道:"不要因这点小小口腹,失脚落在井中了,不是耍处。"急忙出来看时,懒龙已隐身入房,在枕下卷钱去了。夫妻两人黑暗叫唤相应,方知无事,挽手归房。得到床里,只见枕头移开,摸那钱时,早已不见。夫妻互相怨艾,道:"清清白白两个人,又不曾睡着,却被他当面捉弄去了,也倒好笑。"得到天明,懒龙将钱来还了,来索东道。博徒大笑,就勒下几百放在袖里,与懒龙前到酒店中买酒请他。

两个饮酒中间,细说昨日光景,拍掌大笑。酒家翁听得,来问其故,与他说了。酒家翁道:"一向闻知手段高强,果然如此。"指着桌上酒壶道:"今夜若能取得此壶去,我明日也输一个东道。"懒龙笑道："这也不难。"酒家翁道："我不许你毁坏门户，只在此桌上，凭你如何取去。"懒龙说："使得，使得！"起身相别而去。酒家翁到晚，吩咐关严门户，自家把灯四处照了，料到进来不得，想道："我停灯在桌上了，拼着坐着，守定这壶，看他哪里下手！"酒家翁果然坐至夜分，绝无影响。意思有些不耐烦了，倦怠起来，瞌睡到了。起初还着实勉强，支撑不过，就斜靠在桌上睡去，不觉大鼾。懒龙早已在门外听得，就悄悄地趴上屋脊，揭开屋瓦，将一猪脬紧扎在细竹管上。竹管是打通中节的，徐徐放下，插入酒壶口中。酒店里的壶多是肚宽颈窄的，懒龙在上边把一口气从竹管里吹出去，那猪脬在壶内涨将开来，已满壶中。懒龙就掐住竹管上眼，便把酒壶提将起来。仍旧盖好屋瓦，不动分毫。酒家翁一觉醒来，桌上灯还未灭，酒壶已失，急起四下看时，窗户安然，毫无漏处，竟不知什么神通摄将出去。

又一日，与二三少年同立在北潼子门酒家。河下船中有个福建公子，令人将衣被在船头上暴晒，锦绣灿烂，观者无不啧啧。内中有一条被乃是西洋异锦，更为奇特。众人见他如此炫耀，戏道："我们用甚法取了他的，以博一笑才好？"尽推懒龙道："此时懒龙不逞伎俩，更待何时？"懒龙笑道："今夜我弄了他来，明日大家送还他，要他赏钱，同诸公取醉。"懒龙说罢先到浴池把身子洗得洁净，再来到船边看下动静。守到更点二声,公子与众客尽带酣意,潦倒模糊,打一个混同铺,吹灭了灯,一齐借地而寝。懒龙趁机杂入众客铺中,挨入被内,说着闽中乡谈,故意在被中挨来挨去。众客睡不像意,口内互相埋怨。懒龙也作闽音说睡话,趁着挤杂闹中,扯了那条异锦被,卷作一束,就作睡起要便溺的声音,公然拽开舱门,径跳上岸去了。船中诸人不觉,及至天明,船中不见锦被,满舱闹嚷。公子甚是叹惜,与众客商量,要告官,又不值得;要住了,又不舍得;只得许下赏钱一千,招人追寻踪迹。懒龙同了昨日一干人下船中,对公子说道:"船上所失锦被,我们已见,在一个所在,公子发出赏钱与我们弟兄买酒吃,包管寻来奉还。"公子立刻取出千钱来放着,待被到手即发。懒龙道:"可教管家随我们去取。"公子吩咐亲随家人,同了一群人,走到徽州当内,认着锦被,正是原物。亲随便问:"这是我船上东西,为何到此?"当内道:"早间一人拿此被来当,我们看见此锦不是这里出的,有些疑心,不肯当钱与他。那个人道:'你每若放不下时,我去寻个熟人来保着称银子就是。'我们说:'这个使得。'那人一去,竟不来了,既是尊舟之物,拿去便了。等那个人来时,小当还要捉住了他,送到船上来。"众人将锦被去还了公子,就说当中说话。公子道:"我们客边的人,但得原物不失罢了,还要寻那贼人怎的?"就将出千钱送懒龙等一群报事的人。众人收受,俱到酒店里破除了。原来当里去的人，也是懒龙央出来把锦被卸脱在那里，好来请赏的。如此做戏之事，不一而足。

懒龙固然好戏，若是他心中不快意的，就是连真带耍，必要扰他。有一群小偷置酒邀懒龙游虎丘，船经山塘，暂停米店门口河下，穿出店中卖柴沽酒。米店中人嫌他停泊在此，出入搅扰，厉声推逐，不许系缆，众偷不平争嚷。懒龙丢个眼色，道："此间不容借走，我们移船下去些，别寻上岸处罢了，何必动气。"遂教把船放开，众人还愤愤不平。懒龙道："不须口角，今夜我自有处置他所在。"众人请问，懒龙道："你们去寻一只站船来，今夜留一樽酒，薪炭之类，多安放船中，我要归途一路赏月到天明，你们明日便知，眼下不要说破。"是夜，虎丘席罢，众人散去，懒龙约明日早会，只留得一个善饮的为伴，一个会行船的持篙，下在站船中。回来经过米店河头，店中已关闭得严密。其时河中赏月，归舟中吹唱，过往的人甚多。米店里头人安心熟睡。懒龙把船贴米店板门住下，日间看在眼里，有米一囤在店角落中，正临水次近板之处。懒龙抽出小刀，着板上有节处一挖，那块木节囫囵地落了出来，板上老大一孔。懒龙腰间摸出竹管一个，两头削尖，将一头在板孔中插入米囤，略摆一摆，只见囤内米簌簌从管内泻将下来，就如注水一般。懒龙一边对月举杯，欢呼跳笑，与泻米之声相杂，来往船上多不自觉。那家子在里面睡的，一发梦想不到。看看斗转前横，

管中没得泻下，想来囤中已空。看那船舱也已满了，便叫解开船缆，慢慢地放了船去。到一僻处，众偷咸来，懒龙说与缘故，尽皆抚掌大笑。懒龙拱手道："聊奉列位众分，以答昨夜盛情。"竟自一无所取。那米店直到开囤，才知其中已空，再不晓得是几时失去，怎样失去了。

苏州新兴百柱帽，少年浮浪的无不戴着装幌。南园侧东道堂，白云房一起道士多私下置一顶，以备出去游耍，好装俗家。一日，夏日天气，商量游虎丘，已叫下酒船。有个"纱王三"，乃是王织纱第三个儿子，平日与众道士相好，常合伙吃饭。众道士嫌他惯讨便宜，且又使酒难堪，这番务要瞒着了他。不想纱王三已知此事，恨那道士不来约他，却寻懒龙商量，要怎样败他游兴。懒龙应允，即闪到白云房，将众道常戴板巾尽取了来。纱王三道："何不取他新帽，要他板巾何用？"懒龙道："他若失了新帽，明日不来游山了，有何趣味？你不要管，看我明日消遣他。"纱王三终是不解其意，只得由他。明日，一群道士轻衫短帽，装束做少年弟子，登舟放浪。懒龙青衣相随下船，蹲坐舵楼。众道只道是船上人，船家又以为是侍者，各不相疑。开得船时，众道解衣脱帽，纵酒欢呼。懒龙看个空处，将几顶新帽卷在袖里，腰头摸出那几顶板巾放在其处，行到斟酌桥边，拢船近岸，懒龙已望岸上跳将去了。一群道士正要着衣帽，登岸潇洒，寻帽不见，但有常戴的纱罗板巾，压折整齐，安放做一堆在那里。众道大嚷道："怪哉，怪哉，我们的帽子都到哪里去了？"船家道："你们自收拾，怎么反来问我？船不漏针，料没失处。"众道又各处寻一遍，不见踪影，问船家道："方才你船上有个穿青衣的瘦小汉子，走上岸去，叫来问他一声，敢是他见在那里。"船家道："我船上哪有这人，是跟随你们下来的。"众道嚷道："我们几曾有人跟来？这是你串通了白日撞，偷了我帽子去了。我们帽子几两一顶结的，决不与你干休。"扭住船家不放。船家不服，大声乱嚷。岸上聚起无数人来蜂拥争看。

　　人群中走出一少年子弟，扑的跳上船来，道："为什么喧闹？"众道士与船家个个告诉一番。众道认得那人倒是一定会帮他们的，不匡那人正色起来，反责众道道："列位多是羽流，自然只戴板巾上船，今板巾尚在，哪里有什么百柱帽？分明是诬诈船家了。"看的人听见，才晓得是一群道士，板巾现在，反要诈船家赔帽子，发起喊来，就有那地方游手好闲几个揽事的光棍来出尖，伸拳撸手，道："果是贼道无理，我们打他们一顿，拿来送官。"那人在船里摇手，止住道："不要动手，不要动手，等他们去了吧！"那人忙跳上岸，众道怕惹出是非来，快叫开了船，一来没了帽子，二来被人看破，装幌不得了，不好登山，快快而回，枉费了一番东道，落得扫兴。你道跳下船来这人是谁？正是纱王三，懒龙把板巾换了帽子，知会了他，趁扰攘之际，特来证实道士

本相,扫他这一场。道士回去,还缠住船家不歇。纱王三叫人将几顶帽子送将来还他,上复道:"以后做东道之时,千万通知一声。"众道才晓得是纱王三要他,又曾闻懒龙之名,晓得纱王三平日与他来往,多是懒龙的做作了。

其时邻近无锡有个知县,贪婪异常,秽声狼藉。有人来对懒龙道:"无锡县官衙中金宝山积,无非是不义之财。何不去取些来,分惠贫人也好?"懒龙听在肚里,即往无锡地方,夜间潜入官舍中,观看动静。那衙里果然富贵。懒龙看不尽许多奢华,想道:"重门深锁,外边梆铃之声不绝,难以多取。"看见一个小匣,十分沉重,料必是精金白银,溜在身边,心里想道:"官府衙中之物,省得明日胡猜乱猜,屈了无干的人。"摸出笔来,在他箱架上边墙上画着一枝梅花,然后轻轻地从屋檐下望后街出去了。

过了两三日。知县检点官囊,不见一个专放金子的小匣儿,约有二百余两金子在内,价值一千多两银子。各处寻看,只见旁边画着一枝梅,墨迹尚新。知县吃惊道:"这分明不是我衙里人了。卧房中谁人来得,却又从容画梅为记?此不是个寻常之盗,必要查他出来。"遂唤取一班眼明手快的应捕,进衙来看贼迹。众应捕见了墙上之画,吃惊道:"复官人,这贼小的们晓得了,却是拿不得的。此乃苏州城中神偷,名曰懒龙,身到之处,必写一枝梅在失主家为记号。其人非比等闲,手段出有入无,更兼义气过人,死党极多。寻他要紧,怕生出别事来。失却金银,还是小事,不如放舍罢了,不可轻易惹他!"知县大怒,道:"你看这班奴才,既晓得这人名字,岂有拿不得的,你们专惯与贼通同,故意把这等话来庇他,多打一顿大板才好。今要你们拿贼,且寄下在那里。十日之内不拿来见我,多是一个死。"知县即唤书房写下捕盗批文,差下捕头两人,又写下关子,关会张、吴二县,定要拿那懒龙到官。

应捕无奈,只得到苏州来走一遭。正进阊门,看见懒龙立在门口,应捕把他肩胛拍一拍,道:"老龙,你取了我家官人东西罢了,卖弄什么手段,画着什么梅花?今立限与我们,必要拿你到官,却是如何?"懒龙不慌不忙,道:"不劳二位费心,且到店中坐坐细谈!"懒龙拉了两个应捕,一同到店里来,占副座头吃酒。懒龙道:"我与两位商量,你家县主果然要得我紧,怎么好累得两位?只要从容一日,待我送个信与他,等他自然收了牌票,不敢问两位要我,如何?"应捕道:"这个虽好,只是你取得他忒多了。他说多是金子,怎么肯住手?我们不得同你去,必要为你受累了。"懒龙道:"就是要我去,我的金子也没有了。"应捕道:"在哪里了?"懒龙道:"当下就与两位分了。"应捕道:"老龙不要取笑,这样话当官不是耍处。"懒龙道:"我平时不曾说诳语,原不取笑。两位到宅上去一看便见。"扯着两人耳朵说道:"只在家里泥瓦中去寻就有。"应捕晓得他手段,忖道："万一当官的这样说起来，真有个赃在我家里，岂不受累？"遂商量道："我们不敢要老龙去了，而今老龙待怎么吩咐？"懒龙道："两位请先到家，我当随至，包管知县官人不敢提起，决不相累就罢了。"腰间摸出一包金子，约有二两重，送与两人道："权当盘费。"俗语："公人见钱，如苍蝇见血。"两个应捕看见赤艳艳的黄金，怎么不动火？笑欣欣接受了，就想："此金子未必就不是本县之物。"一发不敢要他同去了，两个别过。

懒龙连夜起身，早到无锡，晚来已闪入县令衙中。县官有大小孺人，这晚在大孺人房中歇宿，小孺人独自在帐中。懒龙揭起帐来，伸手一摸，摸着顶上青丝髻，真如盘龙一般。懒龙将剪子轻轻剪下，再去寻着印箱，将来撬开，把一盘发髻塞在箱内，仍与他关好了，又在壁上画下一枝梅，别样不动分毫，轻身脱走。次日，小孺人起来。忽然头发纷披，觉得异样，将手一摸，顶髻俱无，大叫起来。阖衙惊怪，多跑来问缘故。小孺人道："谁人使坏，把我的头发剪去了？"忙报知县来看。知县见帐里坐着一个头陀，不知哪里作怪，想起平日绿云委地，好不可爱，今却如此模样，心里又惊又痛，道："前番金子失去，尚在严捉未到；今番又有歹人进衙，别件犹可，县印要紧。"急取印箱来看，看见封皮完好，锁扣俱在。随即开来看时，印章在上格不动，心里略放宽些。又见有头发缠绕，掇起上格，底下一堆发髻，散在箱里。再检点别件，不动分毫。又见壁上画着一枝梅，连前凑作了一对。知县吓得目瞪口呆，道："原来又是前番这人，见我追得急了，他弄这神通出来，报信与我。剪去头发，分明说可以割得头去；放在印箱里，分明说可以盗得印去。这贼如此厉害，前日应捕劝我不要惹他，原来果是这等，若不住手，必遭大害。金子是小事，拼得再做几个富户不着，便好补填了，不要追究的是。"连忙唤前日往苏州下关文的应捕来销牌。

两个应捕自那日与懒龙别后，来到家中，依他说话，各自家里屋瓦中寻，果然各有一包金子，上写着日月封记，正是前日间失贼的日子，不知懒龙几时送来藏下的。应捕老大心惊，嚼着指头道："早是不拿他来见官，他一口招出，搜了赃去，那时口洗不掉。只是而今怎生回得官人的话？"叫了伙计，正自商量踌躇，忽见县里差役到，只道是拿违限的，心里慌张，谁知却是来叫销牌的。应捕问其缘故，来差把役中之事一一说了，道："官人此时好不惊怕，还敢拿人？"应捕方知懒龙果不失信，已到这里弄了神通去了，委实好手段。

嘉靖年间，吴江有个知县，滥行贪秽，心术狡狠，忽差心腹公人，赍了聘礼，到苏州城求访懒龙，要他到县相见。懒龙应聘而来，见了知县，禀道："不知相公呼唤小人哪厢使用？"知县道："一向闻得你名，有一机密事要你做去。"

懒龙道:"小人是市井无赖,既蒙相公青目,要干何事,小人水火不避。"知县屏退左右,密与懒龙商量道:"叵耐巡按御史到我县中,只管来寻我的不是。我要你去察院衙里偷了他印信出来,处置他不得做官了,方快我心。你成了事,我与你百金之赏。"懒龙道:"管保手到擒来,不负台旨。"果然去了半夜,把一颗察院印信弄将出来,双手递与知县。知县大笑道:"果然妙手。"急取百金赏了懒龙,吩咐他快些出境,不要留在此地。懒龙道:"多谢相公厚赐,只是相公要此印怎么?"知县道:"此印已在我手,料他奈何我不得。"懒龙道:"小人蒙相公厚德,有句忠言要说。"知县道:"怎么?"懒龙道:"小人躲在察院梁上半夜偷看巡按爷烛下批详文书,运笔如飞,处置极当。这人敏捷聪察,瞒他不过的。相公明日不如竟将印信送还,只说是夜巡所获,贼已逃去。御史爷纵然不能无疑,却是又感又怕,自然不敢与相公异同了。"县令道:"还了他的,却不依旧让他行事去?岂有此理!你自走路,不要管我。"懒龙不敢再言,潜踪去了。

却说明日察院在私衙中开印来用,只剩得空匣,叫内班人等,遍处寻觅,不见踪迹。察院心里想:"再没处去,那个知县晓得我有些不像意他,此间是他地方,奸细必多,叫人来设法过了,我自有处。"吩咐众人不得把这事泄漏出去,仍把印匣封锁如常,推说有病,不开门坐堂,一应文案权发巡捕官收贮。一连几日，知县晓得他这是心病发了，暗暗笑着，却不得不去问安。察院见传报知县来到，即开小门请进，直请到内衙床前，欢然谈笑。谈着民风、土俗、钱粮、政务，无一不剖胆倾心，津津不已。一茶未了，又是一茶。知县见察院如此，反觉局促，不晓是什么缘故。正絮话间，忽报厨房发火，内班门皂、厨役纷纷赶进，只叫："烧将来了，爷爷快走！"察院变色，急走起来，手取封好印匣，亲付与知县道："烦贤令与我护持了出去，收在县库，就拨人夫快来救火。"知县慌忙失措，又不好推得，只得抱了空匣出来。此时地方水夫聚集，把火救灭，只烧得厨房两间，公厅无事。察院吩咐把门关了。这个计较，乃是失印之后，察院预先吩咐下去的。知县回去思量道："他把这空匣交在我手，若仍旧如此送还，他打开来不见印信，我这干系须推不去。"辗转无计，只得润开封皮，把前日所偷之印，仍放匣中，封锁如旧，明日升堂，抱匣送还。察院就留住知县，当堂开验印信，印了许多前日未发放的公文。就于是日发牌起马，离却吴江，却把此话告诉巡抚都堂，两个会同把这知县不法之事，参奏一本，贬了他去。知县临去时，对衙门人道："懒龙这人是有见识的，我悔不用其言，以至于此。"

懒龙名既流传太广，未免别处贼情也有猜疑着他的，时时有些株连着身上。适遇苏州库失去元宝十来锭，做公的私自议道："这失去的没影响，莫非是懒龙？"懒龙却其实不

曾偷，见人错疑了他，反要打听明白此事。他心疑是库吏知情，夜藏府中公厅黑处，走到库吏房中静听。忽听库吏对其妻道："吾取了库银，外人多疑心懒龙，我落得造化了。却是懒龙怎肯应承？我明日把他一生做贼的事迹，纂成一本，送与府主，不怕不拿他来做顶缸。"懒龙听见，心里思量道："不好，不好。本是与我无干，今库吏自盗，他要卸罪，官面前暗栽着我。官吏一心，我又不是没有一点黑迹，怎辨得明白？不如逃去为上着，免受无端拷打。"连夜起身，竟走南京，诈装了双盲在街上卖卦。苏州府太仓夷亭有个张小舍，是个有名的极会识贼的魁首，偶到南京街上撞见了，道："这盲子来得蹊跷。"仔细一看，认得是懒龙诈装的，一把扯住，引他到僻静处，道："你偷了库中元宝，官府正在追捕，你却寻来这里，来此装成模样躲闪吗？你怎生瞒得过我这双眼？"懒龙挽了小舍的手道："你是晓得我的，该替我分剖这件事，怎么也如此说？那库里银子是库吏自盗了，我曾听得他夫妻二人床上私语，甚是的确。他商量要推在我身上，暗在官府处下手，我恐怕官府信他说话，故逃之至此。你若到官府处把此事首明，不但得了府中赏钱，且辨明了我的事，我自当有薄意孝敬。你今不要在此处破我的道路。"小舍原受府委要访这事的，今得此的信，遂放了懒龙，走回苏州出首。果然在库吏处一追便见，与懒龙并无干涉。张小舍首盗得实，受了官赏。过了几时，又到南京撞见懒龙，见其仍装着盲子在街上行走。小舍故意撞他一肩，道："你苏州事已明，前日说话的，怎么忘了？"懒龙道："我不曾忘，你到家里灰堆中去看，便晓得我的薄意了。"小舍欣然道："老龙自来不掉谎的。"别了回去。到得家里，便到灰中一寻，果然一包金银，同着白晃晃的一把快刀，埋在灰里。小舍伸舌道："这个狠贼，他怕我只管缠他，故虽把东西谢我，却又把刀来吓我。不知几时放下的，真是神手段。我而今也不敢再惹他了。"

懒龙自小舍第二番遇见，回他苏州事，明晓得无碍了，恐怕终久有人算他，此后收拾起手段，再不试用，实实卖卜度日，竟得善终。虽然做了一世剧贼，并不曾犯官刑、刺臂字，至今苏州人还说他狡狯耍笑事体不尽。

聂 政

聂政原本是魏国人，由于无意中杀了人，和仇家结下冤结，被迫和母亲及姐姐一同逃到齐国，躲避仇家的报复。平日里只是以屠夫为职业，养活一家人。

韩国大臣严仲子一度侍奉韩哀侯，平素里却和韩国宰相侠累有很多矛盾。严仲子害怕会受到韩相侠累的陷害，遭受杀身之祸，就偷偷地离开韩国，四处寻访可以刺杀侠累的义士侠客。他来到齐国，齐国有个人告诉他说，聂政是当世的勇士，因为躲避仇家隐居在市井屠夫之间。严仲子就登门请求接见，数次之后，聂政才肯见他。聂政摆设酒席请严仲子喝酒，席间两人谈话也还比较投机。酒过三巡之后，严仲子捧来黄金百两，送给聂政的母亲。聂政觉得十分奇怪，坚决推辞不接受。严仲子却一再坚持不肯带回去。聂政就对他说："我家中还有老母，虽然家贫，避仇在外漂泊，但是每日还有甘美的食物供奉母亲。我自己一个人足以养活全家，实在不敢接受您的赏赐。"严仲子听到这里，就避开外人，借着聂政刚才所言继续说道："我有一位仇家，我曾到很多地方寻找合适的侠士帮我报仇，可惜一直没有遇到。来到齐国以后，我暗地里听别人谈起，说你是位义士。所以我奉献百两黄金，暂做你母亲大人的生活费用，我也可以交上你这样一位朋友，不敢再有过高的要求。"聂政听后，说道："我所以躲避在市井中间，甘于让别人说我聂政为人怯懦，主要是想奉养老母终生。只要我的母亲还活在世上一天，我就不能轻易把生命交托给别人。"严仲子再三恳求，聂政执意不受。但是严仲子最后还是和聂政施过宾主之礼后才不情愿地离去。

过了很长的时间，聂政的母亲病死了。安葬之后，聂政又为之守孝三年。等到丧期一满，聂政说道："我只不过是市井里一个以操刀为业的屠夫，而严仲子贵为诸侯的卿相大臣，不远千里，屈尊想和我做个朋友。我对待他却很是浅薄，没有什么大的功劳可以和人家待我的恩情相比。严仲子捧百两黄金送给我的母亲，我虽然没有接受，但是从心里感激他对我的赏识。严仲子为某个人所愤激，把我这样一个低贱的屠夫看作亲信，难道我还是默不作声地了事吗？况且从前我拒绝他，是因为母亲还在世。现在母亲已终天年，我将要为知己者献身。"

于是，聂政来到严仲子所在的濮阳这个地方，见到严仲

子，说道："以前我没有答应你，只是因为母亲健在。现在我的母亲不幸去世了，请您把仇家的姓名告诉我吧，我会帮您办理这件事的。"严仲子就把自己的事情全部告诉他，又说道："我的仇家是韩相侠累，而侠累又是韩国国君的伯父，他们宗族非常多，防范也很严密。我总想派人前去刺杀他，可一直没有合适的人选。现在有幸请到了你这样一位朋友。我多派些精壮骑士和你一同前去，也好互相有个照应。"聂政说："韩国和这里相距不远，现在您想杀的人，既是韩国宰相，又是韩国的皇亲，势力范围这么大，如果去的人太多，反而会不小心泄露秘密。一旦机密外露，韩国举国上下都成了您的仇人，刺杀一事哪儿还会成功呢？"于是最终没有接受车骑士兵。

聂政辞别严仲子，独自拿着宝剑，来到韩国宰相府门外。适逢侠累有事与众人在内堂商议，周围有许多卫兵持戟保护。聂政从外面径直冲入内堂，一剑刺死了侠累，左右众人都被这突如其来的事情吓得不知所措。聂政接着大呼小叫，又刺死了周围的几十个卫士。聂政知道自己最终无法冲出宰相府，就毅然刺破自己的脸，然后剖腹自尽。

韩国国君知道这件事后，命令手下之人把聂政的尸体暴弃在市上，悬赏求问是谁家的儿子，如果有人知道的话，可以得到千两黄金。可是一直没有人前去相认。过了很长一段时间，聂政的姐姐聂荣听说有人刺死了韩国的丞相，韩国国君为了知道刺客的姓名，就暴尸于市，又设赏千金。聂荣就想知道这是不是自己弟弟干的。于是，她来到韩国，在市上一看，果然是自己的弟弟，就抱着尸体大哭道："这是魏人聂政啊！"周围的人都跑过来对她说："这个人用残忍的手段杀了我们的相国，我们的国君悬赏求问他的名字，难道你没听说吗？你怎么胆敢前来认领尸体呢？"聂荣答说："我已经听说这件事了。从前我的弟弟之所以心甘情愿躲在市井里，隐姓埋名，从事屠夫的职业，只是因为母亲健在，我又尚未出嫁。等到母亲去世了，我也出嫁后，我弟弟去找严仲子，是因为他能在困窘之中赏识自己。俗话说'士为知己者死'，这没有什么可说的。现在，我的弟弟又因为怕被别人认出，自己毁容以免牵连于我。难道我会因为怕死而辱没弟弟一世的英名吗？"聂荣的一番话，听得周围的人张口结舌，不知所措。聂荣又大喊三声："天啊，天啊，天啊……"悲痛欲绝地倒在聂政尸体旁，也离开了人世。

晋国、楚国和卫国的人不久都听说了这几件事，赞叹说："不仅聂政是位英雄，他的姐姐也是位烈女呀。假使聂政不知道他的姐姐胸怀大志，他也绝不会远涉千里而成全自己的美名。看来严仲子可谓知人善任啊。"

荆　轲

荆轲，卫国人。他的祖先原是齐国人，后来迁居到卫国，卫人称他"庆卿"。荆轲后来又到了燕国，燕人叫他荆卿。

在卫国的时候，荆轲喜欢读书和击剑，曾经游说卫国的国君，但不受卫元君的赏识和任用。不久以后，秦国讨伐魏国，荆轲到赵国的榆次游历，与当地义士盖聂谈论剑术。盖聂只和荆轲说了三言两语，便对他怒目而视，荆轲尴尬地离开了盖聂的家。盖聂手下的人请求把荆轲召回来，盖聂说："刚才我和他谈论剑术，他实在算不上个好的剑客，所以我才怒目示意他离开。他肯定回到客店后就主动离开这里，你去了也没有什么用处。"盖聂手下的人坚持要去请荆轲回来，就私下里来到客店，客店主人说荆轲已经离开榆次了。

荆轲又到邯郸一带游历，与鲁勾践下围棋。两个人正下到胜负难分的时候，鲁勾践怒声叱责荆轲，荆轲默不作声地离开这里，再也没有回来和鲁勾践对弈。

荆轲最后来到燕国，喜欢和燕国的屠夫以及善于弹奏乐器的高渐离混在一起。荆轲又嗜酒如命，每日与高渐离这群朋友在集市上大吃大喝。喝醉以后，高渐离弹筑，荆轲相和而高歌，周围的人以此为乐事；忽而又相抱而泣，旁若无人，周围的人以此为怪。荆轲虽然每日与朋友饮酒为乐，但是为人深沉，而且喜欢读书，在游历的过程中总是和当地有名的贤士结交为友。当时燕国有位名士叫田光，非常赏识荆轲的为人，对他以礼相待。

过了一段时间，正好赶上燕国太子丹从秦国当人质而逃了回来。太子丹曾经在赵国当过人质，而秦王嬴政少年时候也是出生在赵国，两人一度成为好朋友。等到嬴政后来被立为秦王，太子丹被迫充当秦国的人质。秦王根本不顾及两人当初的交情，对待太子丹非常苛刻。太子丹因此积怨太久，所以偷偷跑回了燕国，寻求可以刺杀秦王、替自己雪耻的人。此后，秦国出兵山东一带，讨伐齐国、楚国，又蚕食了其他诸侯小国的一部分领土，快要打到燕国的边境了。燕国君臣上下一片惶恐，太子丹尤为忧虑这件事，就去太傅鞠武那里请教对策。鞠武对他说："秦国国势强大，威胁着赵、魏两国。它的北面有甘泉、谷口两座大山为屏障，南面有泾、渭两河冲积出来的广阔平原，拥有汉中的富饶土地，右面是陇山、蜀山的山脉，函谷关、崤山的天险。百姓人口稠

密,士兵作战勇敢,有丰富的后备保障。秦王嬴政素有野心,一旦发兵,那么长城之南、易水之北就没有一点安稳的地方。太子您千万不能因为自己的积怨就轻举妄动呀!"太子丹又问道:"那么我们应该怎么办呢?"太傅鞠武回答说:"让我再深入地考虑考虑吧!"

过了一段时间,秦国武将樊於期得罪了秦王,为避杀身之祸,逃到了燕国。太子丹认为他是位义士,就收留下来。鞠武进谏说:"太子您不能这样做,秦王暴虐,本来早就对燕国心怀叵测,这足以令人担忧,又何况听说您胆敢收留樊将军呢?这就好比说把羊肉扔在饿虎通过的道路上,离祸患不远了!即使管仲、晏婴在世,也不能改变局势。希望您赶快把樊将军送到匈奴那里,以此消除秦国攻打我们的借口。然后向南和齐国、楚国联合,在北与匈奴单于结为同盟,形成鼎足之势,方可国家安宁。"太子丹说:"太傅您的计划,需要很长的时间才能够完成,再说也不会坚持太久的。樊将军当初走投无路,才投身到我这里,我怎么能因为惧怕秦国的强大就抛弃自己的朋友呢?希望太傅您另作他谋吧!"鞠武说:"古人言,处在危险的时候想求得安全,有了祸患才想求得幸福。为了结交一个朋友,竟然不顾国家大计,这可真是促进祸患的发展。把一片羽毛放在炉炭的上面,肯定不会有什么祸患。但是如果去招惹秦王,一定会引起杀身大祸的。燕国隐士田光为人智勇深沉,可以和他商量一下。"太子丹问道:"您能为我引见吗?"鞠武说:"当然可以。"

于是,鞠武去见田光,说道:"太子想和您商量一下国家大事。"田光说:"我愿意聆听指教。"于是,鞠武带着田光来到太子丹的府上。太子丹早早出外迎接,倒退着把田光引到内室,恭敬地请他入座。太子丹避开左右闲杂人等,离开座位,请教道:"燕国、秦国势不两立,希望听听先生对这件事的看法。"田光说:"我听说,良马正壮之时,一日可行千里,可是一旦它衰落下来,劣马也可以超过它。现在太子您光听说我的大名,却不知我已经精力消退了。尽管这样,我不敢抛国事于不顾,我可另外推荐一个可用之人——荆轲。"太子丹说:"希望先生为我引见荆轲,可以吗?"田光很愉快地答应了。等到田光起身出门的时候,太子丹送他到门口,告诫他说:"我的抱负以及和先生所谈的话,都是国家大事,先生您千万不要告诉别人!"田光俯身笑答:"一定听太子您的嘱咐。"

田光来见荆轲,说道:"我与你相处得很好,这件事燕国的人没有一个不知道的。现在太子丹听说我的盛名,想重用我,却不知道我已经衰老了。我感激太子丹的赏识,而我确实力不从心,所以在太子丹面前推荐了你,希望你能跟我一同去见见太子丹。"荆轲听后回答道:"愿意聆听先生您的教诲。"田光答道:"我听说,'长者做事,外人从来不肯怀疑'。现在太子丹告诫我说,我们谈论的都是国家大事,希望我不要告诉外人。这说明太子丹对田光我还是不放心啊！一个人的行为使外人受到猜疑，这个人一定算不上讲义气的人。"说完，拔出宝剑，激愤地对荆轲说："希望你赶快到太子丹那里，告诉太子说，田光已死，不会有人再泄露秘密。"然后自刎而死。

荆轲于是去见太子丹，说明田光已死，又把田光的话转达给太子丹。太子丹听后，跪倒在地，流着眼泪仰天说道："我之所以要告诫田光，只是想说明商议的事情非常重要。现在田光以死表明自己的节烈，难道这不是我的罪过吗？"等到荆轲坐定之后，太子丹对他叩首说道："田光不知道我是个不成材的人，以身相托，这是老天爷可怜我们燕国，不想抛弃我们。现在秦国有虎狼之心，欲望总是得不到满足。不囊括四海之地，不令天下人称臣，秦王就永远不会得到满足。如今秦王已经灭了韩国，尽收其地。接着，又举兵向南讨伐楚国，向北讨伐赵国。秦国大将王翦率兵几十万抵达赵国南部边界漳水、邺城，李信出兵太原和云中。赵国肯定阻挡不了秦国强大的兵力，必定会俯首称臣。赵国一旦称臣，我们燕国就没有了安全屏障。燕国弱小，就算举国之力不足以抵抗秦国。诸侯国里没有谁还敢联合抗秦，只是俯首帖耳。我私下认为，只有派天下的勇士出使到秦国，用重金贿赂秦王。秦王为人贪得无厌，一定不会拒绝接见使节的。如果真能趁机劫持秦王，就让他交回侵占别国的所有土地。如果他不答应，就一剑杀了他。适逢秦国大将在外领兵，国内一定会无主自乱，君臣相疑的。我们就利用这个有利条件联络其他诸侯国一同出兵，一定会打败秦国的。这只是我个人的良好愿望，只是还不知应该委托给谁，希望荆卿你能为我留意这件事！"

荆轲沉思良久，才答道："这是国家大事，臣为人驽笨，恐怕不能够胜任这件事。"太子丹走上前来，再次叩首，请求荆轲为自己办这件事。荆轲推辞不下，只好答应了。于是，太子丹尊请荆轲为上卿，住在高级的客房。太子丹每日到荆轲住所探望，又送他大量贵重的礼物和许多美女。

这样过了很长一段时间，荆轲一直没有去秦国行动的意图。而秦国大将王翦已经攻破赵国，掠走赵王，赵国的全部土地都划归秦国所有。接着，又领兵北进，到达燕国南部的边境一带。太子丹十分害怕，就到荆轲那里说道："秦兵旦夕之间就要渡过易水河了，就算我很想长久地侍奉荆卿，恐怕也不可能了！"荆轲说："即使太子您不说，我也早想告诉您了。我现在出使秦国，用什么才能让秦王相信我呢？樊将军是秦王悬赏千金要杀之人，假使能够将樊将军的首级和燕国的督亢一带地图献给秦王，秦王一定会高兴地接见我，这样我才有机会去行刺。"太子丹说："樊将军穷途末路之际来投奔我，我实在不忍心因为自己的私利而伤害长者的心意，希望您另作别谋。"

荆轲知道太子丹不忍心这样做，于是私下里去见樊於期，说道："秦王对待将军可是够残酷的，父母宗族都被杀尽。现在听说将军您的头颅也被秦王悬赏千金求购，是这样吧？"樊於期仰天长叹道："每当我想起这件事，就痛恨于心，只是不知道能用什么办法杀了秦王！"荆轲说道："现在有一个方法可以解除燕国的祸患，并为将军报仇，不知您愿不愿听？"樊於期于是走上前说："愿听赐教。"荆轲说："如果将将军您的头颅献给秦王，秦王一定会高兴地接见我。当我靠近秦王的时候，左手突然抓住他的衣袖，右手向他胸部刺去，那么将军的大仇可以报了。"樊於期听到这里，激愤地说："这正是我日夜切齿捶胸的事。如今，终于想出了这样的办法，我死而无憾。"接着，拔剑自刎。

太子丹听说了这件事，赶到樊於期家里，抱住尸体放声大哭，声音凄惨。可是已经无法挽救过来，只好厚葬樊於期。随后，太子丹求购天下最锋利的匕首。赵国名匠徐夫人献上一把绝世匕首，匕首上沾有剧毒。用来试验，只要稍微接触到人的身体，碰出一点血，人立刻就会死去。接着，又为荆轲准备好出使秦国的行装。太子丹让燕国勇士秦舞阳作为副手，陪同荆轲一同前往。

荆轲因为想等待一位远游的朋友，和他一起去秦国，而那位朋友离此地太远，所以一直没有动身。太子丹十分着急，害怕荆轲会突然反悔，就又去催促道："时候不早了，荆卿是否另有打算了呢？如果是这样的话，就让秦舞阳去吧！"荆轲听后十分生气，叱责太子丹说："不劳太子催促！我之所以久居未行，只是想等我朋友来了以后一同前往。太子您既然怪我迟迟不行，那我现在就向您告别了！"于是，收拾行装准备出行。太子丹和其他宾客都身着白衣素冠到易水河边相送。荆轲的朋友高渐离击筑，荆轲相和而歌："风萧萧兮易水寒，壮士一去兮不复还！"周围送行的人听后，泪流满面。荆轲登车而去，始终没有后顾。

到了秦国，荆轲捧着价值千金的礼物送给秦王的宠臣蒙嘉。蒙嘉就先跑到秦王面前，奏道："燕王惧怕大王您的威力，不敢带兵和您对抗，愿意把国家交给您，自己俯首为臣，只希望不要把他的国家政权最后消灭，只要像国内的一个郡县似的进贡就可以了。如今把樊於期的人头和燕国督亢一带的地图一同献给您，特派使节前来奉送过目，希望大王您会喜欢。"秦王听完后，欣喜若狂。于是穿上朝服，用隆重的仪式在咸阳宫内接见荆轲。荆轲捧着装在盒子里的樊於期的人头，秦舞阳捧着装地图的匣子，依次走入宫内。等到了金殿之内，秦舞阳脸色大变，惶恐不安。秦王手下的大臣都觉得十分奇怪。荆轲回头看了看秦舞阳，笑着对周围的大臣说："北边属国像蛮夷一样的粗人，从来都没有朝见过天子，所以才害怕不安。希望大王您能原谅他。"秦王对荆轲说道："把秦舞阳所捧地图拿给我看看。"荆轲就拿过地图

向前呈上。秦王一面展图,一面观看图上所画地理位置。荆轲趁机一下抓住秦王的衣袖,右手抽出地图里所藏的匕首向秦王刺过去。秦王大惊失色,从座上惊起,衣袖被扯断了。秦王仓促之间拔不出宝剑,见荆轲又向自己扑过来,急忙绕柱而逃。周围的大臣都被这出其不意的事件惊呆了,不知所措。秦国有法律规定,群臣上殿的时候,不能携带兵器。皇帝的侍从保卫人员,都在殿下等候,没有秦王的命令,不得擅自进入。大家正在惶恐焦急之际,手无寸铁,只好徒手一起和荆轲搏斗。而秦王的御医夏无且用手中的药囊向荆轲掷过去。秦王暂时得救,左右大臣急忙对他喊道:"大王您把剑推到背后再拔!"秦王照这样办后,拔出宝剑,转身向荆轲刺过去,斩断了荆轲的左腿。荆轲瘫倒在地,又用匕首向秦王掷过去,没有打中,撞到了铜柱上。秦王看到荆轲此时已没有武器,就又用剑向荆轲身上刺去。荆轲身负重伤,自己知道行刺之事不能成功,就靠在柱子上,骂道:"我行刺没有成功,只不过是想生擒嬴政,换得退地的契约以报答太子。"左右大臣不想让他再继续说下去,就杀了他。秦王因为这件事一直心里不痛快。等到论功行赏的时候,单独赐给夏无且黄金二百镒,说道:"夏无且是最忠于我的人,在危险的时候救了我!"

僧 侠

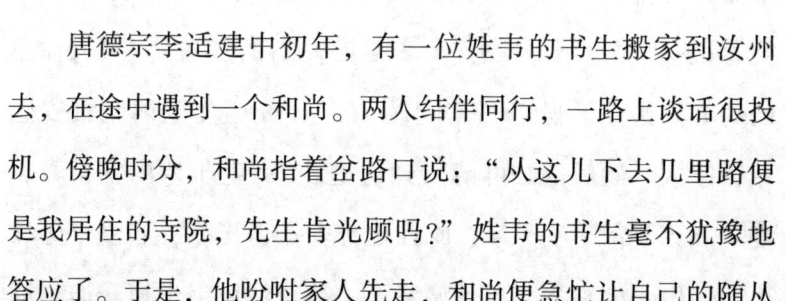

　　唐德宗李适建中初年，有一位姓韦的书生搬家到汝州去，在途中遇到一个和尚。两人结伴同行，一路上谈话很投机。傍晚时分，和尚指着岔路口说："从这儿下去几里路便是我居住的寺院，先生肯光顾吗？"姓韦的书生毫不犹豫地答应了。于是，他吩咐家人先走，和尚便急忙让自己的随从提前准备食宿所用的东西。

　　走了十多里地，却什么也没见到。韦生询问和尚缘由，和尚指着前面的一片树林说："这里就是了。"可是到了跟前，和尚却揪着书生继续向前走。这时，天已经漆黑，韦生不由得对这个和尚产生了怀疑。韦生有善使弹弓的本领，就暗中从靴子里取出弹弓，挂上弦，装上弹子，揣了十几粒铜弹子，责问和尚道："我赶路是有期限的，刚才偶然听了师父的言谈，觉得很投缘，就勉强答应了您的邀请。可现在已经走了二十多里路，却仍旧没有到达，请师父解释一下其中的原因。"和尚只说："尽管走就行了。"便又自顾自地向前急行。韦生认为他一定是个强盗，就拿出弹弓向和尚的后脑勺连发五粒铜弹子，都打中了。可和尚却不紧不慢地摸摸刚才被打中的地方，说道："先生别和老僧开玩笑了，还是赶路要紧。"韦生知道自己奈何不了他，也就不再打弹弓，只好在后面默默地跟着他。

又过了好久，两个人到了一个庄园门口，早已有几十人举着火炬排着队出来迎接。和尚请韦生到一间大厅里坐下，笑着说："先生不要发愁。"于是问左右的随从："夫人休息的地方安排好了吗？"又对韦生说："先生先到内堂去安慰一番家人，然后务必再请回到这里。"韦生步入内室，看见妻子和孩子都平安无事，吃住也都安排得挺好，心里十分放心，但由于离别之悲不免痛哭了一场。然后韦生遵守诺言回到了和尚这里。和尚一见韦生，便上前拉住他的手说："我本是个强盗，原来没怀好意。却不知先生怀有这样好的本事，要不是的话我早就受不了了。我今天绝对没有别的意思，希望先生不要顾虑。刚才您打我的弹子还都在呢。"说完，他举起手来抓后脑勺，五颗弹子都掉了下来。

不一会儿，大厅里摆上了酒席。一大盘清蒸小牛犊，上面还插着十几把刀子，四周摆着用捣碎的姜、蒜、韭菜做的饼。和尚请韦生入席，又说道："我手下有几个把兄弟，想让他们拜见您。"说罢，就有五六个穿红衣扎大带子的人，站到了台阶下边。和尚招呼道："给先生行大礼。你们刚才要是碰上先生，就全粉身碎骨了！"吃过了饭，和尚感慨地说道："我干这行很久了，现在年老了，想洗手不干，不幸的是有一个小子武艺比我强，想请先生为我决断一下。"于是，喊出一个名叫飞飞的十六七岁的少年来拜见韦生。韦生见飞飞穿着一件长袖绿袄，身子瘦小，皮肤衬得黄黄的。和尚吩咐飞飞道："到后边大厅里侍候先生。"接着，和尚给了韦生一把剑，五颗弹子，并且诚恳地说："请求先生您使出全身武艺把他杀了，不要让他再给我留下任何麻烦。"于是，带领韦生走进另一个大厅，并将门从外面反锁上。大厅里空空的，只是角落里有一盏明灯而已。

飞飞早已站在大厅当中，手拿一条短鞭。韦生拉开弹弓，满以为能够打中。谁知弹丸一出，便被飞飞击落。不知不觉间，飞飞早就跳到房梁上，飞快地沿着墙壁走，动作像猴子那样灵活。韦生接二连三地射出弹丸，结果把弹丸用光了也丝毫没有伤着飞飞。于是，韦生只好挥舞宝剑追赶飞飞。飞飞敏捷地躲闪着，离韦生不足一尺远。韦生只是把他的短鞭砍断了好几节，竟然伤不了他。

经过很长一段时间的对峙后，和尚才开了门，急切询问韦生："先生已经为我老和尚除掉那个惹祸精了吗？"韦生只好把全部经过说了一遍。和尚显出愁闷的样子，瞅着飞飞说："刚才你与先生的格斗已经证明你将来肯定做贼了。唉，孽缘如此，谁知今后又怎么样呢？"

和尚整宿与韦生谈论剑术和弓箭的事。天快亮时，和尚把韦生送到路口，赠给他一百匹绢子，与韦生洒泪而别。

车中女子

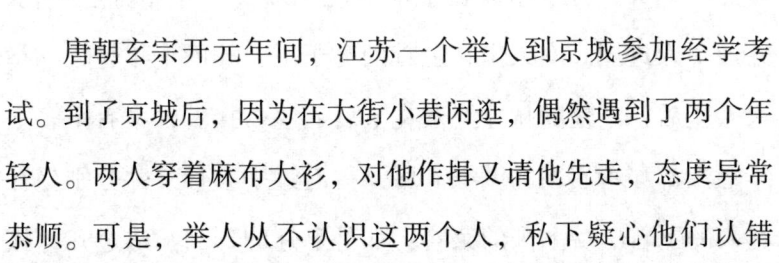

唐朝玄宗开元年间,江苏一个举人到京城参加经学考试。到了京城后,因为在大街小巷闲逛,偶然遇到了两个年轻人。两人穿着麻布大衫,对他作揖又请他先走,态度异常恭顺。可是,举人从不认识这两个人,私下疑心他们认错了人。

几天以后,举人又碰到了他们。这两个年轻人诚恳地说:"先生来到这里,我们还没做东道主请过呢!今天正要打算请您,恰巧又在途中相逢,实在令我们高兴不已。"边说边作揖请举人跟他们走。举人虽然疑惑不解,可还是勉强跟他们走了。

绕过好几道街,在东市一条小巷里,有临街的店房数间,三人一起走了进去,房屋里面摆设很整齐。两个年轻人把举人引到正厅,厅里正在摆置丰盛的酒席。两个年轻人同举人在用绳子绷的凳面上坐了下来。桌子旁边还有好几个二十多岁的年轻人，恭恭敬敬地立在那里。时不时有人走出门去，大家好像在等待什么贵客。过了一会儿，有声音传进来："来了！"隐约听见一辆车直奔门口方向而来，许多年轻的随从跟在车后边。车一直赶到厅前，是一辆镶嵌着金玉的小马车。车帘忽地一下卷起，只见一个女人从车上下来，年纪在十七八岁的样子，长得很漂亮，发髻上插满了花，穿着一身白绸衣服。那两个年轻人急忙走上前行了礼，女人只是点了点头。等到举人也上前行礼，那女人才屈身还了礼，并请举人进屋。女人坐在上首的凳子上，等两个年轻人和举人入座后，其他随从才互敬礼节后入座。接着，又有十多个年轻人都穿着崭新的绸缎衣服，一起过来参拜，并分别坐在客人的下首。端上来的菜肴，都是上好的珍品。喝过几杯接风酒之后，那个女子端起酒杯看着举人问道："听我身边的两位提起过您，今天有幸见面。听说您有高超的技巧，可以让我们见识一下吗？"举人谦恭地推辞说："从小到大，只读书了，乐器、歌曲则没有学过。"女人说："您所专长的不是这些，请好好想想，以前您曾会做什么？"举人沉思了半天，说道："我在学堂时，穿着靴子能在墙上走几步，至于别的技艺，实在没有了。"女人说："我想看的也就是这个，请您让我们见识见识吧！"于是，江苏举人只好在墙上走了几步。女人看后，惊叹道："这可不是轻易能办到的事情呀！"她回过头瞧瞧那些身旁的年轻人，叫他们各自献艺。

青年们都站起来行礼，有的表演墙上行走，有的表演用双手握着房上的椽子行走，动作都非常敏捷，个个行动起来像飞鸟似的。举人拱着手，又是惊赞又是害怕，真是不知如何才好。不一会儿，那女子站起身离去了。

又过了数日，举人在道上又遇到了那两个年轻人。年轻人说："想借您的好马，可以吗？"举人痛快地答应了。第二天，举人听说宫内丢失了东西，抓贼时只捕获一匹马，好像是准备驮赃物用的。皇上派人追查马的主人，就将举人逮捕了，送进宫中由宦官审问。举人被赶进了一间小屋，宦官突然从身后一推，他就一头跌进了深坑里。举人抬头看看屋顶，足有七八丈高，只看见一个小窟窿在头顶上方，有一尺见方。从早晨起，到吃饭的时候，才看见一条绳子系着一个筐送下饭来。举人当时饿坏了，拿过饭就吃。吃完饭后，绳子被提了上去。

深夜时分，举人气愤到极点，又无处诉说冤屈，抬头看着房顶，忽然看见一个东西像鸟似的飞了下来，等到了身边，才感觉出来是个人。来人用手抚摸着举人，对他说："您想来很害怕，但是有我在，不用担心呀。"举人听这声音，才发觉原来就是前些日子遇到的那个女人。女人说："我与您一块儿离开这里。"说完，她用绢子在举人的胸和胳膊上扎了两道，然后，绢子的另一头系在她自己身上。女人耸身跳起，便飞出了宫廷的城墙，离开城门十多里地才落下来。女人说："您暂时就回江苏吧，考试的事等以后再说。"举人大喜，撒开腿就偷偷跑了。

举人一路上讨饭、借宿，才回到江苏。从此以后，他再也不敢为科考去京城了。

潘将军

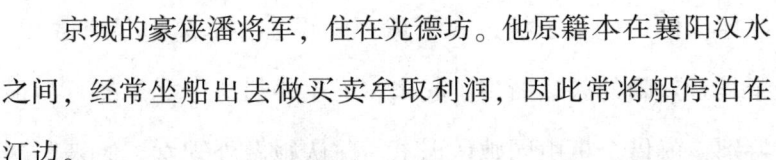

京城的豪侠潘将军，住在光德坊。他原籍本在襄阳汉水之间，经常坐船出去做买卖牟取利润，因此常将船停泊在江边。

有个和尚来化缘，潘将军把他留下了好几天，诚心实意地送给和尚东西。和尚临走时对潘将军说："看你的仪表风度同众商人不一样，今后老婆、孩子都会享厚福的。"说完，把一串玉念珠赠给了潘将军，说："好好珍藏起来，不仅会使你发财，今后还有官做。"

从此以后，潘将军又做了几年买卖，银钱多得赶上了陶朱公和邓通。此后，他又在左神策军中任职，在京城里建起了住宅。潘将军一直视念珠为宝，珍藏在绣囊里，装在玉盒中，放在佛堂之内。每逢初一，就拿出来参拜。一天，他打开玉盒，发现绣囊里的念珠不见了！可是盒子却装裹得如同原来一般，其他东西毫无所失。于是，潘将军丧魂失魄打不起精神,认为这是将要败家的征兆。

有一个管仓库的人,认识京兆府退休的负责捕贼的官员王超。王超已经快八十岁了。管仓库的人私下里同王超谈起了这件事。王超说:"奇怪呀!这不是一般偷东西的盗贼,我试着给找找,不知最后能否找到。"

有一天,王超路过胜业坊北街。当时春雨初停,有一个梳着三个环形发结的女子,年纪有十七八岁,衣服破烂,穿一双木拖鞋,在道旁的槐树下。当时正赶上军队中的士兵们踢球,恰巧这女子接过一个球一脚踢去,球离地足有数丈,于是看热闹的人逐渐多了起来。王超感到这个女子的行为很特别,就借个事由同她认识了,并认她做外甥女。原来,这女子住在胜业坊北门小胡同里,家中有母亲与她同住,地方很简陋,两人挤在一个小土炕上,平日里以针线活为生。让人奇怪的是,她家有时没吃没喝的往往一连好几天,有时却大鱼大肉、山珍海味摆满饭桌。一次,江南刚进贡的洞庭橘,除了皇帝赏给宰相的以外,京城里没有这东西,可是这女子暗中却送给王超一个,只说:"有人从后宫中带出来的。"由此,王超怀疑她的来历。就这样,王超同这女子往来了整整一年。

一天,王超带着酒饭,同女子边吃边谈,慢条斯理地问她:"舅舅我有件心事,想告诉外甥女。"女子答道:"我每每感激您对我的深恩,恨的是无法报答,如果是我力所能及的事,一定为您赴汤蹈火。"王超说:"有位潘将军丢了念珠,不晓得你是否知道?"女子微笑着说:"到哪儿去查寻呢?"王超揣度她不想保密,又说:"外甥女如能偶然找到,一定多准备丝绸谢你。"女子说:"不要告诉别人,我偶然与朋友拿出来玩玩,最后还是要送回去的。因为别的事情拖了下来,没有空暇。舅舅您明天一大早在慈恩寺塔院里等着,有个人会把珠子放在那里的。"第二天,王超按时前往,不一会儿女子就到了。那时,庙门刚刚打开,塔的门还锁着。女子对王超说:"过一会儿仰脸看塔顶,就能知道了。"说罢像飞鸟一般走开,又忽然在塔顶的宝相轮上出现,向王超招手,刹那间带着念珠下来了,说道:"这就可以还给他,不要把礼品放在心上。"王超于是把念珠还给潘将军,又把那女子的事情也全说了。潘将军拿出金银绸缎想要暗中赠给那位女子,第二天派人去找,可家中已是空空如也了。

给事中冯缄曾听说京城多侠客一流的人物,在他就任京兆尹的时候,暗中询问他手下的人。人们就把王超带来将上面的事又说了一遍,与潘将军所说的一模一样。

田膨郎

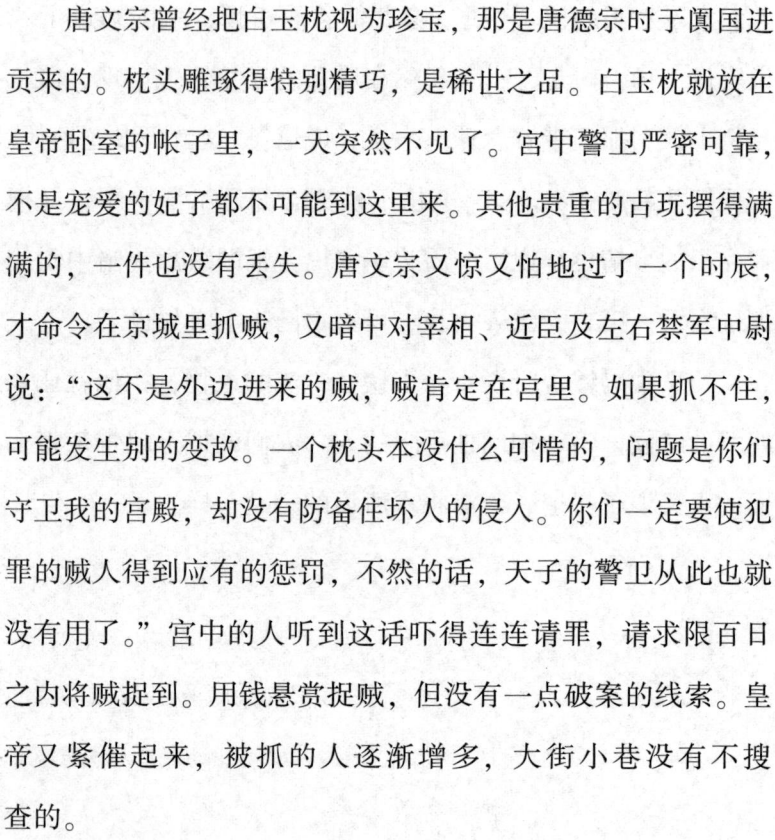

　　唐文宗曾经把白玉枕视为珍宝,那是唐德宗时于阗国进贡来的。枕头雕琢得特别精巧,是稀世之品。白玉枕就放在皇帝卧室的帐子里,一天突然不见了。宫中警卫严密可靠,不是宠爱的妃子都不可能到这里来。其他贵重的古玩摆得满满的,一件也没有丢失。唐文宗又惊又怕地过了一个时辰,才命令在京城里抓贼,又暗中对宰相、近臣及左右禁军中尉说:"这不是外边进来的贼,贼肯定在宫里。如果抓不住,可能发生别的变故。一个枕头本没什么可惜的,问题是你们守卫我的宫殿,却没有防备住坏人的侵入。你们一定要使犯罪的贼人得到应有的惩罚,不然的话,天子的警卫从此也就没有用了。"宫中的人听到这话吓得连连请罪,请求限百日之内将贼捉到。用钱悬赏捉贼,但没有一点破案的线索。皇帝又紧催起来,被抓的人逐渐增多,大街小巷没有不搜查的。

在龙武军任二藩将的王敬弘，曾经雇了一个小仆人，年纪才十八九岁，聪明伶俐，派他出去没有到不了的地方。王敬弘曾经与同僚们在威远军的营内举行宴会，有一个使女会弹少数民族的乐器。座中的客人喝得正有兴头，便要求这个使女唱歌助兴。使女推辞说乐器不好，必须用自己经常弹奏的乐器伴奏才行。这时，报夜的钟声响过了，去取乐器也来不及了。于是，使女站起身来去解捆乐器的带子。王敬弘的小仆人说："如果要琵琶的话，我一会儿工夫就能取来。"王敬弘说："戒严的鼓才敲过，军营的门已经上锁了，平素你见到过吧？为什么现在你又有这个荒谬的说法呢？"小仆人默声退下。又喝了几杯酒后，大家却看见小仆人拿着装着琵琶的绣花口袋来了。座中的客人们高兴得笑出了声。从威远军军营到龙武左军军营往返三十多里，而小仆人不大工夫就走了个来回。王敬弘自己惊奇得呆住了，好像失去了魂魄一般。

当时，搜捕盗白玉枕者的风声很紧。王敬弘私下怀疑是小仆人偷盗的，宴会散后，等到天亮就急忙赶回家中，把小仆人叫到跟前问道："使唤你好几年了，不知道你行动这样灵活，我听说偷盗玉枕是侠客所为，莫非就是你？"小仆人急忙谢罪道："这非小人所为，我只是擅长行路罢了。我的父母都居住在四川，前几年才偶然来到了京城，现在我想回老家看看，但临行前有一件事想报答您的恩惠。偷枕之人我早知道其姓名，三五天内就一定叫他伏法。"王敬弘道："这是件极好的事情，可以救不少无辜的性命。但不知道贼人住在哪里，可以报告衙门逮捕他吗？"小仆人说："偷枕头的人是田膨郎啊，混迹在市民和士兵之中，行踪不定，勇气和力量超过一般人，而且还擅长跳高，如果不是马上弄断他的腿脚，就是有千军万马，他也能逃走。从今天起再过两天，在望仙门等着，瞅机会就肯定能抓住他的。将军您可以跟我去看，但这件事必须保密。"

当时，有十多天没下雨了。天亮时尘土很大，车马奔跑践踏，半步内人们互相看不着。田膨郎同几个年轻人并肩将要走进军营大门，小仆人拿着打马球的棍子击打田膨郎，眨眼间田膨郎的左腿被打折了。田膨郎仰头看一眼说："我偷来枕头，不怕别人，只害怕你呀！"于是，人们把田膨郎抬到左右军中，一审问就全部招认了。

有人抓住了贼，唐文宗很高兴，他知道是在禁卫军中捉到的，就把田膨郎带到走廊下亲自审问。田膨郎把他常出入军营的事全说了。皇帝说："这个贼是侠客一类的，不是一般的小偷。"内外拘留的嫌疑犯有数百人，全部都被释放了。小仆人一捉住田膨郎就告别王敬弘回到了四川，再找他时已寻不见踪影，唐文宗只好奖赏王敬弘一个人了。

聂隐娘

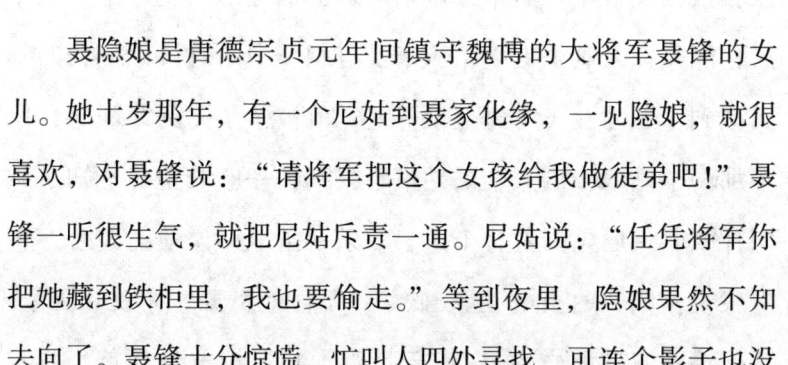

聂隐娘是唐德宗贞元年间镇守魏博的大将军聂锋的女儿。她十岁那年，有一个尼姑到聂家化缘，一见隐娘，就很喜欢，对聂锋说："请将军把这个女孩给我做徒弟吧！"聂锋一听很生气，就把尼姑斥责一通。尼姑说："任凭将军你把她藏到铁柜里，我也要偷走。"等到夜里，隐娘果然不知去向了。聂锋十分惊慌，忙叫人四处寻找，可连个影子也没有见到。聂锋两口子一想起孩子，只好相对落泪。

五年以后，尼姑把隐娘送回家来了。尼姑告诉聂锋："我把她已经教好了，请您领回吧。"说完，尼姑忽然不见了。聂家的人见到隐娘真是又悲又喜，问她跟尼姑学了些什么。隐娘说："开始就是念经念咒，没学什么。"聂锋不相信，一再苦苦追问。隐娘只好说："说出真话又怕您不相信，可怎么办呢？"聂锋说："就把真话说说吧。"隐娘说："孩儿刚被尼姑带走时，不知走了多远。等到天亮时，到了一个

大石穴，周围好几十里也没个人家，只有许多猿猴，还有许多松树、藤萝，阴森森的，在那里已有两个小女孩了。她们俩也十岁了，都很聪明、漂亮，不吃东西，能在峭壁上行走如飞，好像敏捷的猴子上树一般，灵便得很。尼姑给我一粒药，并让我拿一口宝剑，有二尺长，锋利无比，拿根头发放在剑刃上，吹一口气，头发就断了。叫我专门跟着那两个小姑娘爬峭壁，渐渐地感到身子像能飞一样轻了。一年后，刺杀猿猴百发百中。后来，刺杀虎豹，也全都一剑一个。三年后，能飞上天刺杀老鹰，从来没有刺不中的时候。宝剑的剑刃减到了五寸，飞禽碰上没等发觉就被杀了。到第四年，留下那两个姑娘守洞穴，尼姑带着我到了一座城里，不知这城叫什么名。尼姑指着一个人，一条一条地诉说他的罪恶，又对我说：'替我把他的脑袋砍了，不让他发觉。你放开胆量，杀他像杀飞鸟那样容易。'于是给了我一把羊角匕首，才三寸宽。光天化日之下，我把那个人杀了，谁也没有发觉。然后把那人的脑袋装在一个口袋里，回到了住的地方，用药把脑袋化成了水。到第五年的时候，尼姑又说：'有个大官有罪恶，无缘无故害死了不少人，晚上到他家里去，把他的脑袋砍下拿来。'我又带上匕首，到那个大官家去了，一看门没闩上，我便趴在房梁上。等夜深人静，我带着他的脑袋回来了。尼姑对我发火说：'为什么这么晚才回来？'我说：'看见那个人逗小孩子玩，那个孩子挺叫人喜欢的，我未忍心立即动手。'尼姑申斥说:'以后遇见这号人,先把他喜爱的人杀了,然后再把本人宰了。'我谢过了尼姑的教诲。尼姑说:'我把你的后脑勺弄开,把匕首藏进去还伤不着你,等用时就把匕首抽出来。'又说:'你的功夫学成了,可以回家了。'于是,就把我送回来了,还说:'二十年以后才能再见。'"聂锋听了这番话很是忧惧。后来,一到夜里,隐娘就失踪了,等天亮时才回家。聂锋不敢盘问,此后也不怎么疼爱隐娘了。

一次,门前忽然来了一个磨铜镜的小伙子。隐娘说:"这个人可以给我当丈夫。"立刻告诉了父亲。聂锋不敢不听女儿的话,就把隐娘嫁给了这个小伙子。隐娘的丈夫只会把铜镜子放在火上烧红了,再放在水里蘸蘸水,然后把它磨亮这个手艺,别的什么技术也没有。聂锋养活着女儿、女婿,供给他们好的伙食、好的衣物,还拨房子给他们住。

几年以后,聂锋死了。镇守魏博的主将多少知道隐娘不同凡人,就供给隐娘两口子钱财,让这两口子在身边当差。这样又过了好几年的时间。

到了唐宪宗元和年间,镇守魏博的主将因同镇守陈州、许州的主将刘昌裔有矛盾,便命令隐娘去暗杀刘昌裔。隐娘接受任务后辞别主将到许州去了。刘昌裔会算卦,算出隐娘来了。他便把手下的武将召来,命令他:"第二天早晨到城北等候,见到一个男的和一个女的,分别骑着黑毛和白毛的

小毛驴。到城门时,有喜鹊在前面喳喳叫,那男的用弹弓打喜鹊不中,那女的从男人手中夺得弹弓,一弹弓就将喜鹊打死了。这时,你就走到他俩跟前,朝他俩作个揖,并说我要见见他俩,派你在这里远迎。"武将奉命前去了,果然遇到了隐娘两口子。武将按刘昌裔的吩咐说了一遍。隐娘夫妻对武将敬礼说:"刘大将军真是料事如神。不然,怎么能预言得这么翔实。请为我们引见刘将军。"见面后,隐娘两口子给刘昌裔赔礼说:"实在对不起大将军,我们罪该万死!"刘昌裔说:"不要这样,各为其主罢了,这是人之常情。我这许州同你魏博没有什么两样,就请你们留在这里吧,不要再顾虑什么了。"聂隐娘感激地说:"大将军手下缺人,我们愿意离开魏博留在许州,对您的英明神算,实是在钦佩。"聂隐娘深深感到魏博的主将远远不如刘昌裔。刘昌裔问隐娘需要什么东西。隐娘说:"每天只要二百文钱就足够了。"刘昌裔马上答应下来。

一日,聂隐娘两口子骑的两头驴忽然不见了。刘昌裔派人去找也没有下落。后来,暗中搜查聂隐娘的布口袋,发现里面有两个用纸剪出来的驴,一个是黑色的,另一个是白色的。

过了一个月,聂隐娘对刘昌裔说:"魏博的主将不知道我们留在这里,必然还会派人来的。今晚我剪下一绺头发,用红绸子扎好,送到魏博主将的枕边,以此表示我们不回去了。"刘昌裔同意了。到了下半夜的时候,聂隐娘回来了,说:"送完信了。后天晚上魏博主将必然派一个叫精精儿的人来杀我和您。我有许多办法可以杀掉精精儿,请您不要担心。"刘昌裔平素为人宽宏大量,听后没有忧愁的样子。到了那天夜里,过了半夜,只见两面小旗,一红一白,飘飘悠悠的,就像在床的四个角落打仗一般。过了很久,只见一个人从空中跌下来,脑袋搬了家,紧接着隐娘便出现了,说:"精精儿已经死了。"说着,将那尸首拖到屋外,撒上药,尸首便化成了水,连一根头发也没有剩下。隐娘说:"后天夜里,该派妙手空空儿来了。空空儿的神术,神不知鬼不觉,开天入地,变化无穷。我的这点能耐,赶不上他的,到时候就全仗着将军的福气了。但是,如果用于阗国产的玉石将您的脖子围住,盖床大被,我变成个小蠓虫藏在将军您的肠子里,也还可以应付一阵子,此外就没有什么可逃避的方法了。"刘昌裔按她说的做了。到半夜时,闭着眼睛没有睡熟,果然听见脖子上发出很大的嘎嘎声。隐娘从刘昌裔口里跳出来,向他祝贺道:"将军您没事了。空空儿刺杀人好像老鹰扑小鸟似的,如果一次没打着,就唰地一下远走高飞了。他因为没有达到目的而害臊,不用多长时间,早到千里以外了。"后来看脖子上围着的玉石,果然有匕首划过的痕迹,足足有好几分长。从此以后,刘昌裔对隐娘更加厚礼相待了。

元和八年，刘昌裔离开许州到京城去朝见皇帝，隐娘不愿跟他进京，对他说："今后我要去各处寻访名山胜水，拜会得道的高人。"只是请刘昌裔给她丈夫一个挂名的差事。刘昌裔全都答应了。后来，聂隐娘就不知下落了。刘昌裔死在京城元帅的任上时，聂隐娘骑驴来了，到刘昌裔的棺材前痛哭一番，随后就走了。

文宗开成年间，刘昌裔的儿子刘纵到陵州去当刺史，经过四川的栈道时，碰见了聂隐娘，她长得还像当年那个模样。见面后，她挺高兴，照样还骑着那头白毛驴。聂隐娘对刘纵说："先生你有大祸，不应该到这里来。"说罢，拿出一丸药让刘纵吃了下去，然后又对他说："来年赶快辞去官职，一直回到洛阳，才可免去大祸。我这药只能保你一年平安无事。"刘纵听后却不怎么相信，送给聂隐娘一些绸缎，隐娘一点儿也没有收，只是喝得醉醺醺地走开了。

一年后，刘纵没有辞官，果然死在陵州。从此以后，再也没有人见到过聂隐娘。

红　线

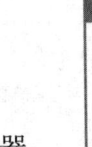

　　红线是潞州节度使薛嵩的侍女，擅长弹奏阮这种乐器，还能读经书、史书。薛嵩派她掌管文件、书信，送她个雅号叫"内记室"。

　　一次，军营中举行大宴会，红线对薛嵩说："羯鼓的声音挺悲哀的，打鼓的人肯定有什么心事。"薛嵩也通晓音乐，说："诚如你所说的。"于是，把打鼓的人叫来询问，那人说："我的妻子昨天夜里死了，今天我没敢请假。"薛嵩立刻打发他回家去了。

　　当时正是肃宗至德以后，河南河北的叛军还没肃清，开始设置昭义军节度使，衙门设在釜阳县城，由薛嵩镇守，管辖、治理山东一带地方。战乱之后，军政制度很不完备。皇帝又命令薛嵩将女儿嫁给魏博节度使田承嗣的儿子，命令薛嵩的儿子娶滑州节度使令狐彰的女儿，令三个节度使互相结为姻亲，他们之间书信不断往来。田承嗣经常犯"热毒风"，每到夏天，病情发作更厉害。他常说："我如果去镇守山东，气候凉爽，可能多活几年啊。"于是，他在军队中挑选特别勇敢善战的三千人，称他们为"外宅男"，而给他们优厚待遇。他又经常命令三百人在衙门的住宅里值宿，并挑选了好日子，准备出兵占领潞州，把衙门搬过去。薛嵩听到后，日夜担忧，唉声叹气连连说奇怪，也没个对策。一天夜里，刚要起更的时候，军营的大门已经关上了，薛嵩拄个手杖在院子里散步，只有红线跟着他。红线说："主人您这一个月吃不好、睡不稳，心里所考虑的难道是邻郡吗？"薛嵩说："事情关系到存亡，不是你能想到的。"红线说："我虽然是个低贱之人，也有替主人解忧的办法。"薛嵩于是把事情全告诉她了，并说："我继承祖父和父亲的官爵，又受到国家的恩惠，一旦把地盘丢下，也就是把几百年的功劳、事业全丢尽了。"红线说："这好办，不必劳您伤神。请叫我到魏博去一次，看看形势。今夜一更天上路，三更天就可以回来报告。请事先备好一匹善跑的马，另外准备好一封问候的信，其他等我回来再说。"薛嵩大吃一惊，说道："不知道你还是个了不起的奇人，是我糊涂啊。可是，事情若是不妥，反而招来了祸害，怎么办呢？"红线说："我去没有不成功的。"于是回到内室，收拾行装。她梳了一个西南少数民族的发式，插上一支金凤钗，穿上紫色的绣花短袄，穿一双轻便的鞋，用黑色丝带系住，胸前插了一把带龙纹的匕首，额上写了北极神的名字，对薛嵩拜了两拜，突然就不见了。

薛嵩回身关上了房门，背着灯光端坐着。平日喝酒，不过几杯就醉了，今天晚上喝了十几杯也没醉。忽然间听到军营中起床号吹响了，院里似乎落下一片树叶，他吃了一惊，试着问了一声，原来是红线回来了。薛嵩高兴得拍着她的肩头问道："事情妥了吗？"红线说："不敢辱没您的使命。"薛嵩又问："没杀伤人吧？"红线说："没到这种程度。只是把床头上的金盒子拿来作个见证吧。"又说："我离半夜还有一段时间就到了魏博郡，走过几道门才到了寝室。听见'外宅男'在走廊上鼾声如雷，看到给主帅打更的士卒在院子里走动。我打开他左边的门扇，走到睡觉的地方，只看见田亲家翁正在帐子里弯着腿、跷着脚沉睡，头下枕着有花纹的犀牛皮枕头，头发用黄绸子包着，枕边放一把七星宝剑，剑旁放着一个打开盖的金盒子，盒内写着生日时辰及死神的名字。还有一些名贵的香料及珍贵的宝贝散放在上面。他只想在主帅的玉帐里耀武扬威，活着的时候随心所欲，没想到在内室做梦时小命就在别人手中。哪费什么捉放的功夫，只是增加些伤感。当时蜡烛光也不闪动了，香炉里的香也烧尽了，到处是侍卫，武器成行摆放。有的人头碰着屏风，低头打呼噜；有的人手里拿着手巾、拂尘，睡得直挺挺的。我拔下他的簪子、耳环，把下身的衣服捆在一起，可他们睡得仍然昏昏沉沉，没有一个人醒过来。于是，我拿着金盒子就回来了。等出了魏博郡的西城门，差不多走了二百里，只见铜雀台巍然矗立，漳河水滚滚东流，晨风吹拂着原野，月亮斜挂树梢，我带着忧愁前去，高高兴兴地回来，立刻忘了途中的奔波劳碌。感恩报德，总算尽了我的心愿。所以，半宿功夫，往返七百里，去危险的地方，经过五六座城镇，这一切是为了减轻主人的忧虑，怎么敢说自己的辛苦呢？"薛嵩于是派使者给田承嗣送信，信中说："昨天夜里，有位客人从魏博郡来到这里，说是从元帅枕边拿了一个金盒。我不敢稍留，小心地包好给您送回。"专门送信的人，骑马飞跑，半夜才到达，正赶上田承嗣派人查找金盒，全军都感到震惊。送信的人用马鞭敲门，虽然不是按正常时间求见，但田承嗣还是急忙出来接见。送信人把金盒交给他，他接金盒时吓得软瘫在地上。于是，他把送信人留在家中，摆下酒席亲切地招待他，还赏给他许多东西。第二天，又派人带着丝绸三万匹、好马二百匹及其他价值相当的礼品，去送给薛嵩，并捎信说："我的脑袋还没掉，全仗着您对我的情义。我已改过自新，不再自找苦恼，完全听从您的吩咐，又怎敢以亲家关系来计较呢？有事的时候，我一定紧跟在您的车子后面，您来时我一定给您牵马带路。我所预备的那些称为'外宅男'的仆人，本来是为了防备强盗，没有什么别的打算。现在，全让他们脱去军装，打发回乡种地去了。"

就这样，一两个月之内，河北与河南之间的使者来往不断。而红线则向薛嵩告辞了。薛嵩说："你生长在我的家中，现在想到哪里去呢？我又正依赖你，怎么能要走呢？"红线说："我前世本来是个男子，在社会上游历，曾读过神农氏的药书，能够解救世人的灾病。当时，街上有一个孕妇，忽然腹内有了虫子，我用芫花酒给她打虫子，孕妇和肚里的两个孩子全死了。这使我一下子杀了三个人。阎王处罚我，让我今生托个女身，当侍女。幸而生在您的家中，至今已芳年十九，穿厌了绸缎衣服，吃腻了美味佳肴。您对我又特别偏爱，这也够荣幸的了。何况国家树立法度，完美无缺以传万代，这群人违背天理，应当把他们消灭以除祸患。我上次去魏博郡，是为了报恩。两处地方都保住了完好无损的城池，上万的人们保全了性命，又使悖乱的官吏知道改过自新，将士们安分守己。我作为一个女人，功劳也就不小了，当然可以赎我上一辈子的罪过了，可以还我本来的面目。此刻正是我离开尘世，摒除杂念，修身养性，长生不老的时候。"薛嵩说："你既然不肯留下，我送给你千金作为你远遁俗尘的花费。"红线说："我的事情关系到下一辈，怎么可以预先计划呢。"

薛嵩知道留不住她，于是给她开了个盛大的告别宴会。把宾客们都请了过来，夜里在大厅里吃酒。薛嵩唱一支歌送别红线，是请座中的客人冷朝阳写的词，歌词是："采菱曲

怨恨那木兰舟,送别时在百尺高楼上把灵魂丢,你好像是洛水女神乘雾离去,蓝天无边啊河水长流。"薛嵩唱完这支歌,禁不住悲伤之情。红线边哭边下拜,于是装作醉酒,禁不住酒量,离开了宴席。从此,就再也不知道她到何处去了。

甘凤池

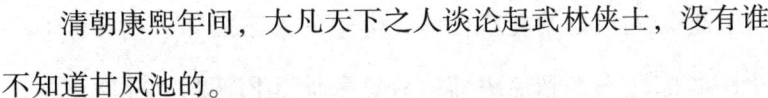

清朝康熙年间，大凡天下之人谈论起武林侠士，没有谁不知道甘凤池的。

甘凤池，是江宁县人。江宁县当时号称天下的名城，明太祖朱元璋曾经以此地为都城。清朝建立，就选派勇武刚毅的八旗子弟到这里镇守明人的故地，对外号称"驻防"。其间，有个士兵想要显示一下自己的武艺，就袒露胳膊、横着身子仰卧在铺着石子的街道上，让旁边的人赶着一辆有十几个轮子的牛车，从自己的大腿上压过去，结果腿上却没有留下一点伤痕。围观的人全都惊赞不已，十分佩服，于是，就邀请他去酒店喝上几杯，结果他却喝得酩酊大醉，又嚷着要和别人比试武艺，就把一个长颈的酒瓮倒放在地上，一只脚站在上面，用两个手指夹住一根长竹竿支撑地面，然后叫几十个人从旁边往下拉他，他却能纹丝不动。等到他站累了，突然一松手，拉他的人全都就势倒在地上。有一天，他又外

出,看见田间有两头牛斗架,犄角绊到一起不松开,放牧的人想要阻止却苦于力不从心,无计可施。他就走过去,凭双手压住牛的后背,两头牛都被压得深陷地下数尺深,不能活动。他怒目看着两头牛,又慢慢地把它们拎出来,好像对付鸡一样轻松、容易。自此以后,人们都知道有这样一位勇力绝人的奇士,他就叫甘凤池。

甘凤池身高不及普通人,但是两手却有举千斤之力,握铅、锡之类的金属好像是在揉面。有一天,他在一庙中看戏。他一人独自站在戏台前,旁边的人不敢靠近。突然有一个跛脚的乞丐来到他跟前,故意和他互相拥靠。甘凤池多次辱骂乞丐,乞丐不听,反而变本加厉地和他争起地盘来。甘凤池被激怒了,举起拳头就连打几下,却好像是打在破棉絮堆里一样软,丝毫不起作用。乞丐笑着说:"你这个少年,真是气盛伤人呀!"说着,飘然离去。甘凤池十分惊讶,就决定去问个明白,好不容易追寻到那个乞丐的踪迹,想恭敬地叩头请教他的姓名,而那个乞丐却遁而不见,最终也不晓得他的来历。甘凤池从此颇收敛自己的狂傲。

等到甘凤池二十几岁的时候,到京师游历,凭着自己的特殊本领去拜谒某位王爷。这位王爷问他:"你有什么本事?"甘凤池答道:"我能比蜻蜓还轻,比泰山还重。"王爷听后很奇怪,就说:"那你怎样才能让我相信呢?"甘凤池答道:"我可以为您表演一下。"他看到庭前开满海棠花,一簇簇在风中摇曳着，就一下子跳到花枝间，挥舞短剑在花中起舞，一进一退好像蝴蝶、蜜蜂掠过花枝，而花叶没有一点损伤。王爷惊笑道："真是太奇异了！这真像蜻蜓一样呀！"甘凤池听到王爷的赞叹就立刻收敛，从花间跳下，单膝跪在王爷面前谢罪。等他起来后，再看他刚刚站过的地方，陷下好几尺深。王爷这才相信他所说的话并非言过其实，自叹道："甘凤池，真是个渺小的伟丈夫呀！"

济南有个叫张大义的人，也是有名的大力士，身高八尺有余，胳膊又粗又壮，脚趾甲都用铁包裹起来。他很仰慕甘凤池的大名，就远道数百里来参见王爷，希望王爷允许他同甘凤池比试一下武艺，甘凤池私下推辞了。可王爷一再坚持让甘凤池迎战，凤池不得已被迫答应。张大义以为甘凤池是害怕了，就直接飞起一脚向凤池踢过去，好像蛟龙入海，又像骤雨突至。甘凤池只是斜倚在墙脚不动，等到他的脚离近了自己，就忽然伸出手来一下子抓住。张大义措手不及，大呼惨叫，不能直立，血流满靴。等到旁人把他救下来，脱下靴子一看，脚趾嵌入所裹的铁中，全都折断了。

即墨这个地方有个叫马玉麟的人，身高腹大，就算骑上一匹千里马，隔几十里也得换上另外一匹。可等到用帛布缠裹全身，又马上小得可怜，攀墙爬树，敏捷得像猿猴一样。一次，他在扬州一位富商家做客，适逢甘凤池也在座，位置在他的上首。马玉麟心中愤愤不平，便约甘凤池与他比武，

两人不分胜负。甘凤池回来后说:"这个人不是张大义可以比得上的。我所能达到的技艺,他也都能达到。"苦思良久后,甘凤池说:"我想个法子来战胜他。但是我不想使他当众难堪,只要让他心领神会就可以了。"第二天,两人又比武。甘凤池多次乘马玉麟出现破绽时出击。马玉麟被激怒了,就更加凶猛地向凤池施展招数。甘凤池于是合并两个手指触及马玉麟的痒处。马玉麟不知不觉僵仆在地上,起来后,十分惭愧,远遁他乡。而甘凤池却对众人说:"我的能耐并不能超过马玉麟,而最终战胜了他,只不过是善于利用他的弱点去制服他罢了。"此后,甘凤池的名声越来越大,而对他心怀嫉恨的人也越来越多。

泰山某个县里,有位叫孙迪侯的人,生性喜欢学习武艺,技能精湛。他非常想要打败甘凤池,以此名扬天下,于是,南下私访,到了江宁县。一日,他在集市里散逛,忽然看见一个僧人戴着一顶铁制的僧帽,有好几十斤重,每到一家酒肆,就脱下帽子扔到柜台上索要钱财,所扔之处有裂痕,砰然有声,并扬言说,如果有人能把他的这顶僧帽推落地下,他就不再索要店主一文钱。可是店主们都无计可施,只好满足这个僧人的无理要求。孙迪侯看后,心里感到非常奇怪,心想:"甘凤池在这个县里居住,他为人勇猛无敌,天下几乎无人不晓。今日里见的这个僧人竟然敢横行霸道,无所顾忌,这一定是想要以此激怒甘凤池出来与他比试武艺。可甘凤池为何对此熟视无睹呢?"于是,孙迪侯自认为甘凤池一定是害怕这个僧人的。一日,他发现甘凤池到茶肆喝茶,就偷偷跟着走进去,坐在甘凤池的旁边,假装不知道甘凤池就在身边,大声对邻座喝茶的人说:"甘凤池只不过徒有虚名罢了,其实是个胆小怯懦的人。"甘凤池听了他的话,侧目看了看他,然后拱手请教尊姓大名,知道了他就是泰山那个地方的孙迪侯,吃惊地说:"你就是泰山那个地方的孙侠士呀,我钦慕你很长一段时间了。我就是你所指责的那个甘凤池,我很奇怪,自己的确没有世人所传的那么高超的本领,但你怎么和我未见一面就能知道我的驽钝呢?"孙迪侯就把市井上那个僧人坑害商人的事情说了一遍。甘凤池站起来说道:"这里不是谈话的场所,请到我家中一叙。"于是,两人来到甘凤池的家中。刚刚坐定,甘凤池就急着告诉孙迪侯,说:"我不是不知道那个僧人恣意放纵,主要是因为我不久前才和别人比试过武艺。我们俩以步行数十里为限,看谁的力量先衰竭,谁就输了这场角斗。虽然我侥幸先胜了他,但是自知为此而损伤内功。我想等到体力恢复好了以后再去惩治那个妖僧。"孙迪侯听后,对甘凤池说:"先别说那个僧人的事情!你姑且运气全身,让我看看伤势如何?"甘凤池于是站起身子,袒露上身,全身开始运气。孙迪侯用两个手指自上而下弹动他的全身,发出金铁碰撞的声音。等到孙迪侯弹到他的喉咙部位的时候,却发出一种敲打

破木头的声音。孙迪侯说:"我知道伤在哪里了。你这个部位是你的致命弱点,实在是你今后容易被对方抓住的不利之处呀!现在,我也全身运气,你看看我如何?"于是,甘凤池也用两指叩打孙迪侯的全身,从小腿起到头顶,从背后一直敲到脚后跟,每一个部位都发出金属碰击的清脆声音。甘凤池辞谢说:"我实在是敬佩先生您,愿意用兄长的礼节对待您。"孙迪侯说:"既然你友善地对待我,我自愿和你一起与那个僧人斗一斗。但是,两个人合起来打一个人,不合乎武林的道义,一定会为世人所耻笑。只有徒弟帮师父,礼法上讲得通。我就假装说是你的徒弟,这样不就可以了吗?"于是,两人一起到集市上找寻那个僧人。适逢那个僧人到一家酒店又索要钱财,把他的帽子倒着扔到柜台上。甘凤池走过去,轻轻用手指一顿,他的帽子被推落柜台下。僧人狂笑道:"能这样做的,一定是甘凤池了。今天我愿意领教一二。"说着,走到一个广场上,两人搏斗起来。过了很久,也没决出胜负。僧人忽然跳出圈外,把自己的那顶帽子向甘凤池的头上扔过去。他私下揣摩,凤池一定会挥拳向头上方阻挡帽子往下落,而自己可乘机突然挥拳猛击凤池的肾脏,这个办法一定会置他于死地的。正在他要下手之际,没有提防孙迪侯突然从旁边冲出来,伸出胳膊,向上一跃,就用大拇指挑住僧人的帽子,然后轻轻飞落下来,大声对甘凤池喊道:"徒弟在这里,师父你不用害怕。"僧人见后,惊慌失色，手忙脚乱，疲于应付。甘凤池趁机挥拳正中僧人胸部，打出了一个拳头大的血窟窿。

姑苏城西园内又有一个僧人，号市茗。倚仗自己力大无穷，就告诫游人不要到他那里讨水喝，而他自己就可以任意自斟自饮。偶尔有不顾禁令、口渴难耐的讨水之人，市茗就会因其不遵戒令而恼羞成怒。他故意拿来一把五百多斤重的大铁壶，从炉上取下，壶内可以装得下五斗水。水正要开的时候，他拿着壶对讨水的人说："你不是想喝水吗？快点拿杯子来接。但你必须一口气喝下去，不能中间休息。"说完，强迫讨水之人狂饮，滚烫的水进入腹内，肠和腹部都被烫烂。即使是身强力壮的人，也不能承受得住。众人私下都很气愤，想把他赶走，但是力不从心，于是，把僧人的恶行告诉了甘凤池，邀请甘凤池一块儿去游西园。众人故意去惹恼市茗，市茗果然又愤愤然拿着大铁壶出现在大家面前。甘凤池拿着杯子接水，一杯杯，连饮数十杯而没有一点异样的神色。市茗十分害怕，仓皇间扔壶就跑。铁壶正好倒向甘凤池这个方向，凤池用两个手指夹住壶口的曲柄，一点水都没洒出来，然后神态从容地把壶放到炉子上。他忽然瞥见炉子旁边有数百个叠摞在一起的杯子，从地面竖起有一人多高，直立而不倾斜。甘凤池知道是市茗的"杰作"，就姑且没有去管，只是率领众人痛快地在西园内游玩了一回。等到兴尽欲归的时候，故意又从刚才的炉子旁边的道路经过，用红绳紧紧地串起几百个铜钱,远远地扔到市茗所放置的那叠摞的杯中;又大声喊道:"这是赏给市茗和尚的钱。"市茗等到甘凤池离去,偷偷地出来查看动静,发现串起的那串钱直立在杯中,而那些杯子的底座都自上而下地脱落了。市茗心里更加害怕,从此远遁他乡,不知下落,而甘凤池武艺的精湛也就由此可知了。

甘凤池擅长导引之术。他有时站着睡觉,鼾声如雷,十几个人推他,都不能让他移动一下。而他生性又很平易和善,就是小孩、妇女也都爱和他亲近。后来,他八十多岁才去世,葬在凤台门这个地方,皇上定其墓为"勇士甘凤池之墓"。

剑侠传

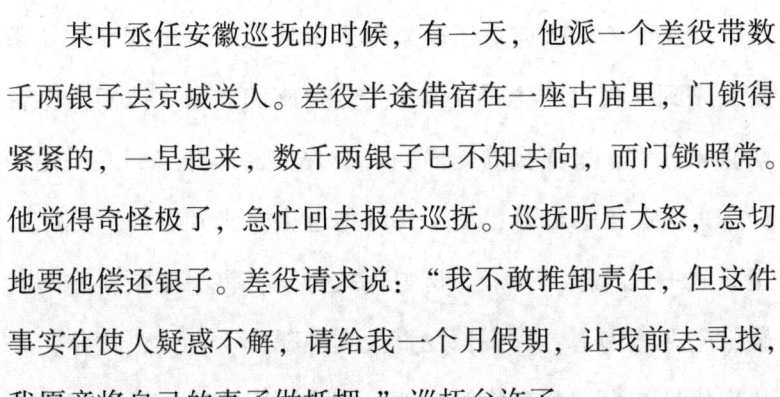

某中丞任安徽巡抚的时候，有一天，他派一个差役带数千两银子去京城送人。差役半途借宿在一座古庙里，门锁得紧紧的，一早起来，数千两银子已不知去向，而门锁照常。他觉得奇怪极了，急忙回去报告巡抚。巡抚听后大怒，急切地要他偿还银子。差役请求说："我不敢推卸责任，但这件事实在使人疑惑不解，请给我一个月假期，让我前去寻找，我愿意将自己的妻子做抵押。"巡抚允许了。

他来到丢失银子的地方，四处查访好长时间，却一点线索也没有。在回来的路上，他意外地在街市上遇见一位瞎眼老头，胸前挂着一块牌子，上面写着："善于解决疑难之事。"他不抱希望地随意向老头问银子的事。老头忽然问道："有多少两？"他如实回答了。老头又说："我知道一点线索，你去找辆车来让我坐，你跟我前去，就有希望找回银子。"于是，他按老头的意思雇来了车辆。

最初走了一天,还能见到人烟、村庄。第二天进入深山,不知走了几百里路,就再也没有人烟了。到了第三天,刚过正午的时候,他们来到一个大的城镇。老头说:"到了,你尽管到城里去,银子的下落自然会有的。"他无可奈何,只得听从老头的话。进了城,只见路上行人来来往往,车辆一辆接一辆,十分拥挤,数以万计的房屋一幢接一幢。忽然有个人走上前来问道:"你不是这里的人,为什么来这儿?"他把失落银子的事情说了一遍,然后一起到城门口找瞎眼老头,老头已不知去向。于是,那人带着他曲曲弯弯穿过几条街,来到一幢大的住所,像是王公贵族的住房。他们走上台阶直入厅堂,里面寂静无声,一个人影也没有。那人叫他稍微等一下,不一会儿,便来传呼他进去。来到后厅,见厅堂里只放一张睡榻。有个身材魁伟的男子,头不戴帽,足不着鞋,坐在睡榻上,一头长发直披到小腿处。有几个童仆,手执扇拂站在左右两旁侍候。他上前跪拜行礼后,男子问其来意。他都一一回答。男子微微动了动面颊对童仆说:"把东西拿来。"随即有几位少年,扛着银子来了,上面的封条还是原来的那个样子。男子说:"难道你是要得到这些银子吗?"他回答说:"能得到这些银子真是太幸运了,但我不敢冒昧。"男子说:"你刚来这里,先好好休息一下。"说完就有人把他带到一个院落,锁上门走了。送来的食品,极其丰盛。当天夜里,月光明亮,如同白昼,他打开后房门一看，只见墙上挂着许多东西，仔细看了看，却都是人的耳朵、鼻子。他大吃一惊，害怕极了，但又无处可逃。他心神不宁，直到天明。原先带他来的人忽然来叫他，之后，又来到后厅。那男子仍和先前一样，头不戴帽，足不着鞋，坐在睡榻上，对他说："银子不能还你了，但可以给你写封信。"当即伏案写信，写好便扔在地上，命人把他送走，带领他的人又将他送到城门口，他迷迷糊糊就像在梦中一样，急急忙忙寻找回去的路。

　　他见到了巡抚，把经历的事前前后后说了一遍。巡抚不信，斥责他荒谬。他便将那封信递上，巡抚拆封看信，脸色大变，急匆匆地走进内房。过了一会儿，巡抚下令放差役回家，又放了他的妻子，几千两银子也不要赔偿了。差役没料到会有这样的结果，高兴极了。隔了好久，才知道那封信中斥责巡抚贪赃枉法，警告他不许责罚差役，还提醒他不要忘了某月某日他夫人深夜睡觉时，头发被割去三寸的事。巡抚问了夫人，果然有过这件事。

　　最后，差役才知道那位魁伟的男子是位剑侠。

漳南侠士传

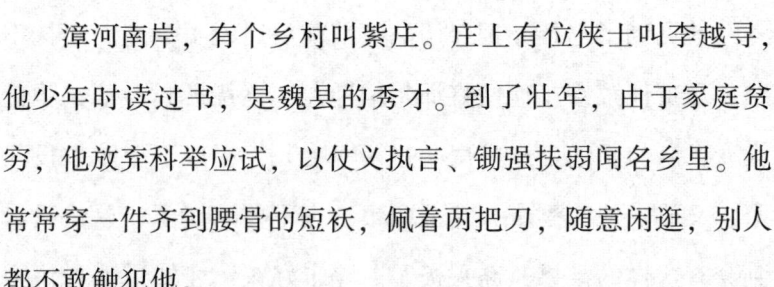

漳河南岸，有个乡村叫紫庄。庄上有位侠士叫李越寻，他少年时读过书，是魏县的秀才。到了壮年，由于家庭贫穷，他放弃科举应试，以仗义执言、锄强扶弱闻名乡里。他常常穿一件齐到腰骨的短袄，佩着两把刀，随意闲逛，别人都不敢触犯他。

紫庄有个寡妇，抚养着一个孩子，不肯改嫁。她的小叔子贪图内黄县人侯六的钱财，背着她把她卖了。等到侯六派来轿子迎接，小叔子叫他们躲藏在旁边的古祠堂中，而自己去把寡妇哄骗出来，寡妇刚走出家门，十几个大汉突然从祠堂里窜出。寡妇猛吃一惊，再要回家，门已被关闭了。那几个大汉上前抓住寡妇，硬把她塞进轿子。她的儿子听到叫喊声，奔出来抢救，已经晚了。他自己不知该怎么办，便去李越寻家，跪在地上哭泣着请求帮助。

李越寻见寡妇的儿子跪在地上哭得很伤心，于心不忍，就慷慨地说:"这确实是我的责任,我马上就帮你把你母亲救回来,否则不活着见你!"说完,走出去把他的徒弟叫来,说:"我向来以仗义行侠闻名乡村,而今有人抢走我们村里的妇女,却不能救她回来,还讲什么侠义!报告官府吧,那些官吏都是些卑贱的小人,只知道收受贿赂,不能解决百姓的事!再说又隔着省份,以公文引渡也要个把月时间。万一侯六逼得急,抢先举行婚礼,我们去了也没有什么用了。不如趁早把她抢回来。万一夺不回寡妇,就把侯六绑来。"徒弟们听了都说:"好!"于是带了二十七个人前去。

侯六住在甘固,离紫庄有二十里路。赶到那里,已近傍晚。李越寻挟带两把刀,推开门径直来到厅堂。这时贺喜的客人已挤满厅堂,酒也斟过好几回了,突然看见李越寻带刀闯了进来,都大吃一惊,要想一起抵抗,而身边一把短刀都没有。李越寻怒目圆睁,大声呵斥着。客人们吓得纷纷朝后退避,挤来撞去,互相践踏,想要找武器,匆忙之间又无处可寻。李越寻抓住时机快步冲进去,直奔新房。然而侯六已将寡妇藏进草屋,他正出来准备招呼手下之人迎击李越寻,忽然被赶到的李越寻抓住手腕,不能动弹。接着,李越寻用右手抽出腰际的佩刀威逼他,厉声喝道:"你没有听说过紫庄有个李越寻吗?你怎么敢到我们村里抢夺妇女!现在那个寡妇在哪里?"侯六诡辩说:"已经逃跑了。"李越寻发了怒,叫徒弟们把侯六捆起来,反绑他的双手。

刚把侯六捆好，村里的少年，听说侯六家来了暴徒，纷纷拿了武器，找李越寻格斗。李越寻叫二十七个徒弟围成圆圈，各自手执武器面向外站着，而自己站在圈中央，把刀架在侯六的脖子上，大声呼喊说："我李越寻这次前来，是不想活着回去的，有不怕死的就上来！"说着举起佩刀，像要砍杀侯六。那些少年见了，个个害怕得冷汗直冒，再也不敢走上前去。

李越寻又问侯六寡妇在什么地方，侯六就是不肯把实情说出来。李越寻愤怒极了，正要把侯六拖出来，还没走到门口，就听到妇女的哭声。李越寻呼喊徒弟们寻找，这才把寡妇从草屋中找出来。于是李越寻让二十七个徒弟走在前面，保护寡妇先回去，而自己提刀赶着侯六跟在后面，没有人敢追上来，走了一半路程，才把侯六放回去，对他说："我李越寻是个不怕死的人！如果你要找我报仇，明天我等着你！"侯六连声称是，不敢答话。

将近半夜，李越寻他们才回到紫庄，把寡妇送还给她的儿子，又让徒弟们各自回家。寡妇的小叔子事先听到风声，料想灾祸必定落到自己头上，便偷偷逃走，再也没有回来。

范龙友

　　无锡有个叫范龙友的武师，生就一身神力，平日自己的神力无从施展，就在庭院内立起一块大石头，时不时合并中指和食指去刺击石块，在上面留下洞孔。时间长了，石头上的洞累加起来有数百个，远远看去好像一个硕大的蜂巢。

　　后来，范龙友移居荡口，把自己的武艺传授给手下的徒弟，但是自己最擅长的武功，却一直舍不得教给他人。有位姓王的弟子，很想学到师父的全部武功，就在伺候范龙友吃饭的时候，突然用长矛刺向他捧着碗底的手。范龙友轻轻摆动手臂，用碗底挡住矛锋，发出了"当"的一声，而饭碗却没有震裂一寸，接着，忽然急走几步跳到姓王的徒弟面前，用两根筷子一下子插进他的鼻孔，这个徒弟就倒在地上。

　　有关范龙友像这样精湛敏捷的身手还有很多传闻。后来清朝统一天下，浙江总督李某疑心范龙友有图谋不轨之志，就把他抓到狱中。有人说他因此死在狱中，有的人说他被发配到了边疆，不知后来结果怎样。

戴　俊

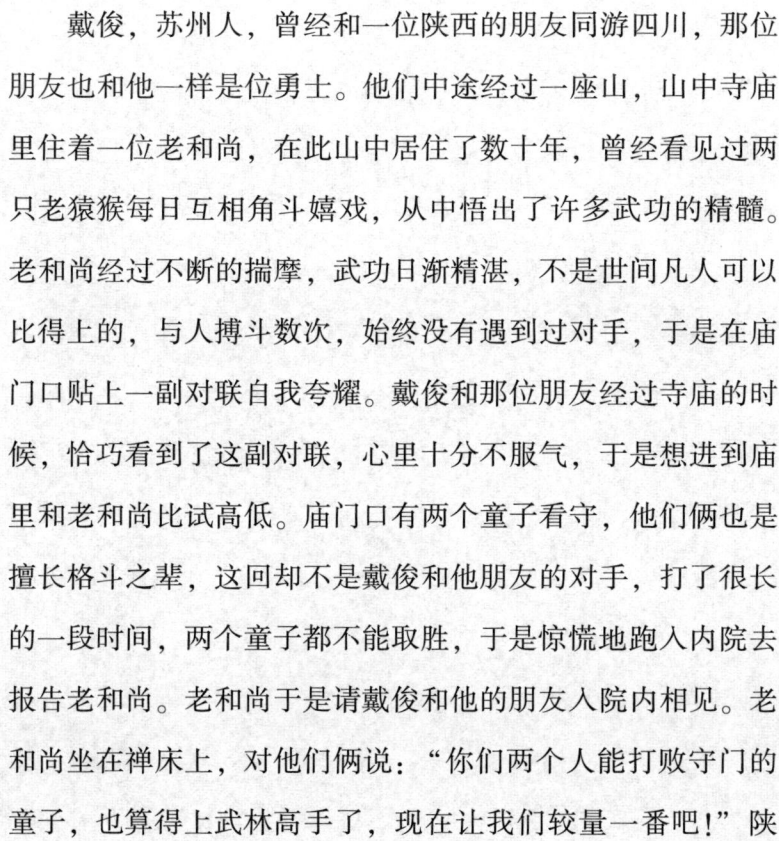

戴俊，苏州人，曾经和一位陕西的朋友同游四川，那位朋友也和他一样是位勇士。他们中途经过一座山，山中寺庙里住着一位老和尚，在此山中居住了数十年，曾经看见过两只老猿猴每日互相角斗嬉戏，从中悟出了许多武功的精髓。老和尚经过不断的揣摩，武功日渐精湛，不是世间凡人可以比得上的，与人搏斗数次，始终没有遇到过对手，于是在庙门口贴上一副对联自我夸耀。戴俊和那位朋友经过寺庙的时候，恰巧看到了这副对联，心里十分不服气，于是想进到庙里和老和尚比试高低。庙门口有两个童子看守，他们俩也是擅长格斗之辈，这回却不是戴俊和他朋友的对手，打了很长的一段时间，两个童子都不能取胜，于是惊慌地跑入内院去报告老和尚。老和尚于是请戴俊和他的朋友入院内相见。老和尚坐在禅床上，对他们俩说："你们两个人能打败守门的童子，也算得上武林高手了，现在让我们较量一番吧！"陕西的那位朋友争着上前和他搏斗。只见老和尚坐着不动，只是微微抬了抬手臂而那位朋友已被摔倒在地上。戴俊见后，十分惊讶，但还是鼓足勇气跳了上去。老和尚又用先前的方法，戴俊却没有被摔倒。老和尚觉得很奇怪，惊讶地对戴俊说："孺子可教呀！"于是打算让戴俊留下来，把自己平生所得都传授给他。而戴俊私下却想："现在天下能打败自己的，只有这个老和尚了。如果我乘其不备杀了他，那么天下还能有谁和我匹敌呢？"于是，戴俊找了机会，杀死了这个老和尚。

冯婉贞

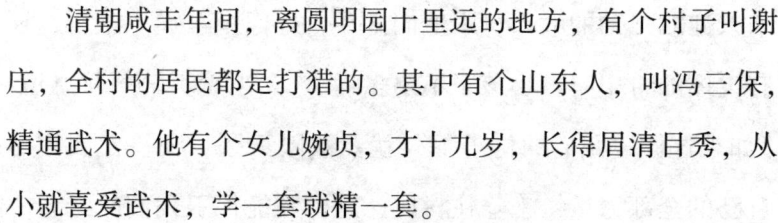

清朝咸丰年间,离圆明园十里远的地方,有个村子叫谢庄,全村的居民都是打猎的。其中有个山东人,叫冯三保,精通武术。他有个女儿婉贞,才十九岁,长得眉清目秀,从小就喜爱武术,学一套就精一套。

适逢这年,英法侵略者从海上入侵,北京、天津一带一片骚乱。为了防止侵略者的侵袭,谢庄推举冯三保为首领,在村里办起了团练。他们在险要的地方,用石头、木栅修筑了防御工事。一天中午,派去侦察的猎户回来向冯三保报告说有敌情。果然,不一会儿,一名英国军官带领一百来个印度兵,骑着马来了。大家都安静地听候冯三保的命令。敌寇一边放枪,一边向他们逼近。大家以石头堡垒为掩护,一动也不动。等到敌人靠得更近了,冯三保大喊道:"开火!"于是大家一齐开枪,敌寇措手不及,纷纷倒地。打了一个时辰光景,敌寇退去。冯三保感到高兴,可婉贞却忧虑地说道:"小股敌寇退去了,大队人马会来报复的。如果他们携带大炮来轰击,我们的村子不就要被夷为平地了吗?"冯三保吃惊地问道:"你有什么好法子吗?"冯婉贞道:"鬼子善于放枪放炮,而不善于剑击刀砍。枪炮利于远攻,砍击便于近战。我们村子方圆十里都是平原,跟他们用枪炮对打,那怎能取得胜利呢?不如用我们的长处,来攻敌人的短处,拿着大刀,带着盾牌,敏捷跃进,勇猛扑杀,也许不会失败哩!"冯三保道:"我们全村武艺高强的不过百来人,以百来人迎战强劲的敌人,跟他们搏斗,好像把羊抛入狼群,还有生还的希望吗?小孩子不要多嘴了。"冯婉贞轻声叹息道:"如果这样,我们的村子不久就要被毁灭了!我一定要用尽自己的全部力量,来守住村庄,这样就能保卫我们的父老。"

于是,她召集了谢庄会武艺的青少年,对他们说:"我们与其坐着等死,不如起来战斗,保卫家乡。你们如果不赞成,那就算了;你们要是赞成,那就听我的指挥。"少年们听了,无不振奋。

冯婉贞率领一班青少年,装束停当,挺身而出。他们都穿上黑色的衣服,拿着雪亮的大刀,行动轻捷,就像猿猴一样。离村庄四里远的地方有一片森林,树荫蔽日,他们就在这里埋伏起来。没多久,敌寇果然拖着大炮走近了,有五六百人。冯婉贞拔出短刀,一跃而起,领着青少年们向敌寇冲杀过去。敌寇遭到意外袭击,惊慌失措,来不及放炮,只好用枪上刺刀拼杀，但总比不上青少年们那样敏捷勇猛。冯婉贞挥动大刀，奋勇砍杀，敌寇碰着的没一个不被击败。于是敌人纷纷后退。冯婉贞大声叫道："乡亲们，敌人后退，是想开枪打我们，大家快追，别让他们跑了！"于是，他们一齐猛冲上去，奋勇搏斗，不让敌人后退。敌寇始终没法射出一颗子弹。太阳落山了，他们打死了一百多名侵略军，剩下的敌人丢枪弃炮，匆忙逃走了。谢庄终于被保住了。

某公子

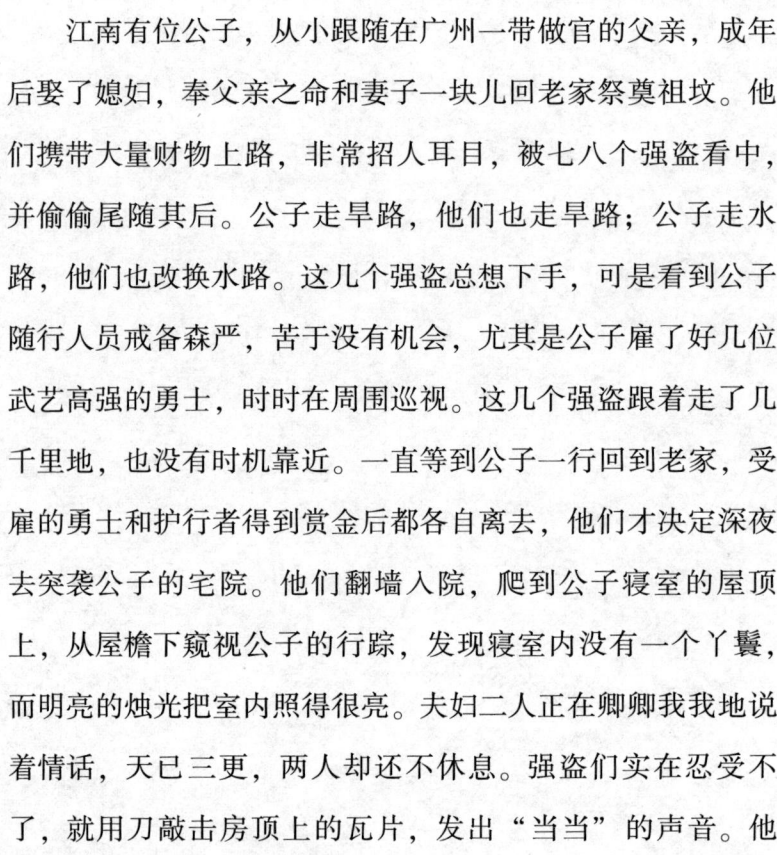

江南有位公子，从小跟随在广州一带做官的父亲，成年后娶了媳妇，奉父亲之命和妻子一块儿回老家祭奠祖坟。他们携带大量财物上路，非常招人耳目，被七八个强盗看中，并偷偷尾随其后。公子走旱路，他们也走旱路；公子走水路，他们也改换水路。这几个强盗总想下手，可是看到公子随行人员戒备森严，苦于没有机会，尤其是公子雇了好几位武艺高强的勇士，时时在周围巡视。这几个强盗跟着走了几千里地，也没有时机靠近。一直等到公子一行回到老家，受雇的勇士和护行者得到赏金后都各自离去，他们才决定深夜去突袭公子的宅院。他们翻墙入院，爬到公子寝室的屋顶上，从屋檐下窥视公子的行踪，发现寝室内没有一个丫鬟，而明亮的烛光把室内照得很亮。夫妇二人正在卿卿我我地说着情话，天已三更，两人却还不休息。强盗们实在忍受不了，就用刀敲击房顶上的瓦片，发出"当当"的声音。他们认为公子一定会为此受惊，高声呼喊丫鬟、仆人，他们就可趁着混乱，去抢夺财物了。谁知屋内的烛火突然熄灭了，并且寂静无声。强盗们心里觉得奇怪，感到公子的行为高深莫测，都不敢贸然跳下，惊慌得想要离开。可又想起自己跟踪几千里地，连一点财货都没弄到手，就丧气地返回，又实在是不甘忍受这口怨气，于是又屏住呼吸，耐心等待动静。过了很长一段时间，寝室内又烛光通明，房门接着大开，夫妇两人携手穿便装从屋内走出来。公子左手拿着蜡烛，右手拿着一把剑。而他的妻子正好和他相反，右手拿着蜡烛，左手拿着一把剑，轻盈地依偎在公子的身旁。公子向屋顶大声喊道："房顶上的陌生客人，你们找我有何贵干呀？请下来讲话更舒服一点。"这些强盗十分害怕，疑心公子夫妇一定身怀绝技，可现在已经没有什么别的办法了，只好硬着头皮一起跳下来。他们拿着各自的武器上下打量着公子夫妇二人，说道："我们兄弟七人，千里迢迢随公子来到这里，公子你就不能赏给我们些财物，再让我们回去吗？"公子笑着说："这太容易了。"说完，立刻从屋内拿出两千两黄金递给这些强盗，每个人平均分得三百两金子。强盗们都喜形于色，不敢再提出过分的要求。他们得了钱，都想赶快溜走。公子对他们说道："你们虽然略有武艺，但身体太重。刚才在屋顶的时候，把屋顶的瓦踩得乱响，所以我早就知道外面有人了。你们现在腰里都藏着很重的金子，倘若跳到屋顶，

我屋顶上的瓦还不得都被踩碎了呀!不如这样,我把大门打开,你们正大光明地出去。看,我把蜡烛给你们了,就让它为你们照亮吧!"强盗们听了这话,静下心来一想,带着这么重的金子,又要翻墙爬房,的确有些危险。自己这么多同伴,料公子也奈何不了他们。于是,听从了公子的意见。

等他们穿过大厅以后,蜡烛突然不知被谁吹灭了。强盗们在黑暗中为争夺财宝而自相残杀,在激烈的格斗中,大都身受重伤,倒在地上。公子不费吹灰之力,就让手下的人把他们全都绑了起来,交到官府。

最终,也没有人知道公子的武艺究竟怎么样。

履店翁

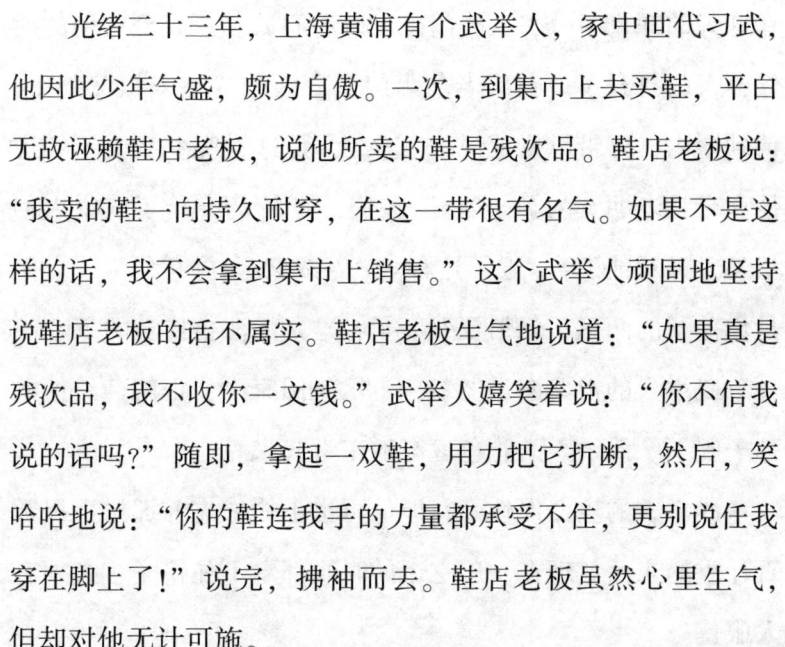

　　光绪二十三年，上海黄浦有个武举人，家中世代习武，他因此少年气盛，颇为自傲。一次，到集市上去买鞋，平白无故诬赖鞋店老板，说他所卖的鞋是残次品。鞋店老板说："我卖的鞋一向持久耐穿，在这一带很有名气。如果不是这样的话，我不会拿到集市上销售。"这个武举人顽固地坚持说鞋店老板的话不属实。鞋店老板生气地说道："如果真是残次品，我不收你一文钱。"武举人嬉笑着说："你不信我说的话吗？"随即，拿起一双鞋，用力把它折断，然后，笑哈哈地说："你的鞋连我手的力量都承受不住，更别说任我穿在脚上了！"说完，拂袖而去。鞋店老板虽然心里生气，但却对他无计可施。

　　过了几天，武举人又来到集市上买鞋，行为和先前一模一样。这回，鞋店老板同他争执起来，正在不可开交之时，一位鹤发老翁忽然走了过来。他佝偻着上身，开玩笑似的拍着武举人的肩膀，说道："我家卖的鞋一向质量很好，你说的话实在是没有道理。"然后，迈着缓慢的步子步入鞋店后面内堂去了。武举人这时忽然脸色灰白，好像要死了一样，两条手臂剧痛不止，抬不起来，只好呻吟着快步跑回家，跑到自己祖父那里哀求解救之法。他的祖父吃惊地说："难道是那个人所为吗？那个老头，我都要用兄长的礼节对待他，你为何偏偏去冒犯他呢？"说完，急忙出了家门，乘舟直奔那家鞋店。他的祖父叩了半天门，而大门紧闭不开，便只好在这天的深夜时分，长跪门外，以示心诚。一直到天明的时候，大门打开了。鞋店老翁出门来，握着武举人祖父的手，请到屋内，略带歉意地说："怎么会是这样呢？我真不知道他竟会是老朋友的孙子呀。"说完，把解药交给了武举人的祖父，又对他说："服了这种药，生命不会再有危险了。但是你孙子的两只手恐怕要残废了，这是无法再挽救的了。"

　　武举人的祖父谢过老翁，急忙赶回家中，把解药给他的孙子服下。武举人的脸色逐渐地正常起来。

　　武举人的生命保住了，但他再也不能像先前那样手提数百斤重的东西。现在，连吃饭的时候都拿不住筷子，必须有人服侍。

胡迩光

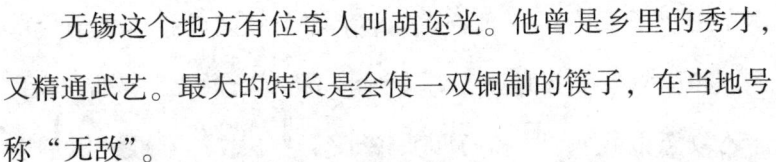

无锡这个地方有位奇人叫胡迩光。他曾是乡里的秀才,又精通武艺。最大的特长是会使一双铜制的筷子,在当地号称"无敌"。

他的这双铜筷是异人传授的,共有两种:一种大号筷子,长二尺,大拇指粗细,在对付强硬的对手时才派上用场;另一种是小号筷子,仅有一尺长,不及手指粗。他经常把这种小筷子藏在袖子里,只露出一半,在应付棘手的突发事件时才使用。

一日,胡迩光在集市里闲逛,忽然看见一个和尚无故到酒店索要钱财。他走过去,对和尚说:"你看上去不像个好人,这家酒店没有东西可以给你。"这个和尚愤然离去,胡迩光对此也不在意。后来,胡迩光到武当山的祠里参佛,途中寄宿在一个寺庙里。庙里有位和尚,看上去似曾相识,对待胡迩光殷勤备至。吃过晚饭以后,胡迩光忽然听到磨刀的声音，心里不觉一动，环顾四周，发现房门已经被锁上了，这时才意识到庙里的和尚是以前曾经到酒店讨钱的那个无理之徒。当时，出外参佛的人都有例规，不得随身携带武器，时间紧迫也没有带上铜筷。这时，他忽然看见几案上的餐具还没有来得及收走，刚刚吃饭用的筷子还搁在那里呢。于是，胡迩光赶紧把两根筷子藏到衣袖里，静静地等待。不一会儿，那个和尚推开房门，拿着刀，大叫着骂道："你还记得当年辱骂我的事情吗？"说完，提刀向胡迩光砍过来。胡迩光用筷子抵挡，一下子就打中了那个和尚的手腕，刀也落下，和尚只好跪在地上乞求饶命。胡迩光说："从此以后，你还敢怨恨我吗？"和尚叩头说道："不敢，不敢，以后听您的教诲。"

　　第二天早晨，和尚恭敬地给胡迩光饯行，还送他很远，才敢回去。

庖 人

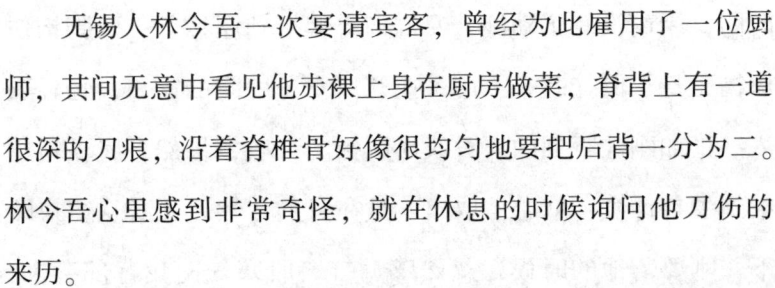

　　无锡人林今吾一次宴请宾客，曾经为此雇用了一位厨师，其间无意中看见他赤裸上身在厨房做菜，脊背上有一道很深的刀痕，沿着脊椎骨好像很均匀地要把后背一分为二。林今吾心里感到非常奇怪，就在休息的时候询问他刀伤的来历。

　　这位厨师脸上出现了凄惨的神色，不情愿地答道："我以前曾经是个强盗，不过现在不敢再做这一行了。"林今吾又问道："这是为什么呢？"厨师看到林今吾是很真诚的样子，就说道："我不当强盗很久了。既然承蒙您看得起，我就讲讲自己的故事吧！"说完，他就讲了起来。

　　"一次，我到一个地方游历，意外地发现在荒郊野外有一座气势宏伟的高楼，四面再也没有旁的人家。这里离市内不远，于是我返回市内，询问市里的路人。人家告诉我，只有一位年纪很大的寡妇在那座大房子里居住，她家里非常富

有,膝下无子,只有一个女儿。她的女儿正忙着准备出嫁,据说置办的嫁妆非常丰厚。我私下想:荒野之地,孤女寡母,又有一大堆财物,这真是我下手的好时机呀!于是,便在夜间赶到了那位老寡妇家里,偷偷地攀上房顶,窃听里面的动静。只听见屋里有一位老妇人的声音,喊道:'首饰盒收好了吗?要小心别让坏人偷去。'一个女子答道:'藏在我房间东墙下面第三个箱子里了,箱外也加了锁,没事的。'我听后,心里十分高兴,正是天赐良机。我又等了很长一段时间,屋内没有了动静,便匍匐着爬行到屋檐下,两脚钩住屋檐,身子倒挂起来,用手拨开那女子房间的窗户,轻轻跃入。正如刚才听到的那番谈话所指的一般,果然,我在箱里找到了首饰盒,就急忙取出,藏在身上,然后飞身从窗户跃下,刚要落地的时候,忽然感觉有一股寒气向我背部袭来,身体不由得打了个冷战,好像要瘫倒一般。等到身体着地,再想要站起来溜走已经不可能了,背部疼痛难忍,仿佛被什么东西撕裂开一样。我不由自主地大喊:'饶命。'忽然,那女子的声音从窗子上传下来:'你是什么人?'我忍着疼痛回答,我是某某人。那女子听后叱责道:'你是个禽兽不如的东西。你以为我们会害怕强盗吗?你也不想想,为什么母女两人敢住在这荒僻之地?你偷东西,偷到我家来了,真是自不量力。'我已知道,这回自己撞到了马蜂窝里,别无他法,只好乞求那女子救自己一命。那女子继续责骂道:

'是我母亲让我饶你一命的,我照办了。不过,你终将一辈子在地上爬行,不能像人一样直起身子行走。'我听后,趴在地上痛苦不堪。忽然,那女子大笑着说:'你受的伤很严重,不容易轻易地治好。如果要治疗的话,会加剧你身体的疼痛。但是,如果不治的话,你就不能直起身子走。'我左思右想,哭道:'我不想再加剧这疼痛,我已经忍受不住了。'那女子说道:'好吧,那就让你永远像条狗一样趴在地上吧!'我听后,心里十分恐惧,不由得一边喊叫,一边乞求说:'我怎么能长久这样趴着,不能再像以前那样行走呢?我愿意治疗,愿意治疗。'那女子又叱责道:'别这么大声音说话,谁让你自作自受呢?'说完,我忽然感觉刀在割划我的后背,不禁号叫起来。疼痛过后,我又马上能站起来了。

"原来,那女子先前从袖子里发出一种细长的箭,正好射中我的后背。箭从脊椎旁边插进皮肤内,一直向下扎到臀部的肌肉里。如果想要把箭取出来,必须用刀划开背部。

"就因为上面所讲的这件事情,我的背部留下了一道永久的伤疤。而我以后再也不敢做强盗了。"

清江女子

德清人俞桐园在三吴做官，一次，为了押送一批银饷路过清江县。时值傍晚，俞桐园决定一行人先寄宿在当地的馆舍里，明天再继续赶路。他们找到了一家合适的旅店，正要进去的时候，忽然瞥见大门旁边直立着一个少年。他目光呆滞，嘴里流着口水，左手垂放下来，右臂却兀然地向前伸着，右手手掌向下翻，好像正要去抓什么东西似的，而两只脚却整齐地并在一起，身体僵硬。即便周围有五六个身子强壮的汉子去推他，他也一动不动。俞桐园看后，好奇心突然萌发。又听到旁边一位老头唾骂着说："你这个轻浮的小子，怎么做这样丢人现眼的事情！光天化日之下，强要调戏别人家的女子，活该你弄成这个样子。除了恳求那位姑娘回来救你，还有点希望。否则，你也活不了多久了。"俞桐园越发好奇，急忙询问事情的原委。

老人就给他解释道："刚才有一男一女在路边赶路，男的推着独轮车步行,而女的坐在车里,一双裹得纤细、像一对小锥子似的金莲恰好露在车轮外面。道旁的人看见了,都起哄来刺激这个少年,对他说,如果他有胆量摸一下那女子的纤足,就摆设酒席来为他庆贺。这少年听后,心猿意马,就不顾后果地答应下来了。他私下揣摩那一男一女一定会在这个地方住宿,于是,与众人绕小道,提前跑到这家旅店门外等候。果然,不一会儿,那一男一女就来到这家店舍的门外,男的先把车停下,抱着随身的行李物品独自走进旅店里。随后,那女子正要欠身下车,这个少年窥视已久,突然伸出手去握她的脚。旁边的人正打算哄笑一番,忽然发现这个少年的手掌刚刚接触到那女子的脚趾,就急速地全身打了个寒噤,手臂僵直在那里,再不能放下去了。那女子好像什么都没看见一样,轻盈地跳下车子,走进店内,而这个少年兀直地立着,一动不动。众人知道,一定发生了意想不到的事情,贴近少年一看,身子就像现在这样僵硬了。"

这位老人对俞桐园讲完事情的经过,就对众人说道:"我看这位大爷好像是个体面的官人。如果他能好言劝慰一下那女子,或许她能看在官人的面子上,饶了这个小子。"众人听了老人的话,觉得有理,就一同过来,恳求俞桐园代为求情。俞桐园正好想知道那女子究竟有什么与众不同的地方,于是,就答应了。

众人跟着俞桐园进入旅店,看见刚才那个老翁提到的女

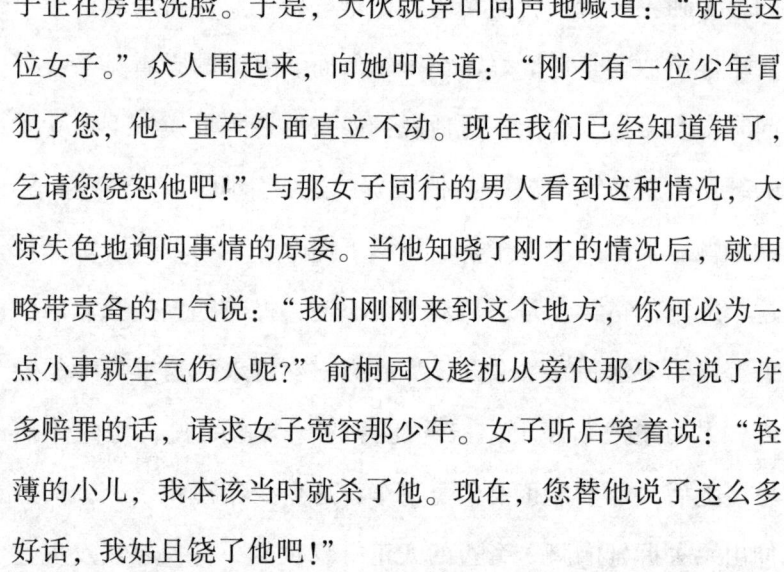

子正在房里洗脸。于是,大伙就异口同声地喊道:"就是这位女子。"众人围起来,向她叩首道:"刚才有一位少年冒犯了您,他一直在外面直立不动。现在我们已经知道错了,乞请您饶恕他吧!"与那女子同行的男人看到这种情况,大惊失色地询问事情的原委。当他知晓了刚才的情况后,就用略带责备的口气说:"我们刚刚来到这个地方,你何必为一点小事就生气伤人呢?"俞桐园又趁机从旁代那少年说了许多赔罪的话,请求女子宽容那少年。女子听后笑着说:"轻薄的小儿,我本该当时就杀了他。现在,您替他说了这么多好话,我姑且饶了他吧!"

于是,她翩然走出门外,用手指轻轻点了一下少年的右臂。少年就突然发出一种出气的声音,身子又可以活动了。

事情过去以后,这个少年偷偷地看自己的右手手掌,发现在掌心有个小米粒大小的黑点,揣摩半天,才知道是从那女子鞋上所沾的泥印。

勇武之士易甲

春秋时期，楚平王的太子建因为费无极的谗言，遭到放逐。太子建有个儿子名叫胜，后来也被放逐在外。子西召见胜，让他治理白邑，号称白公。

白公胜怨恨父亲被放逐，要杀掉楚惠王和子西，想让易甲也参加。他率兵前来围住易甲说："你要是亲附我，不怕不富贵；不亲附我，我这就杀了你！"易甲笑着回答说："你曾经说过我有义气，你忘了吗？马上可以得到天下，不义，我不接受；用兵器威胁我，不义，我也不顺从。现在，你要去杀你的君主，让我跟从你，不符合以前所讲的义气。你虽然用富贵引诱我，用武力威胁我，我也是不忍心这样做的。你逞你的威风，我也要表明我的义气。如果我用兵器和你接战，是争斗；用恶声骂你，是粗鄙。我听说贤士站在正义的立场，不和人争斗；即使处于快要被杀的危险境地，我也不粗鄙。"

说完，易甲拱起手来，脸色不变，等待白公胜杀死他。

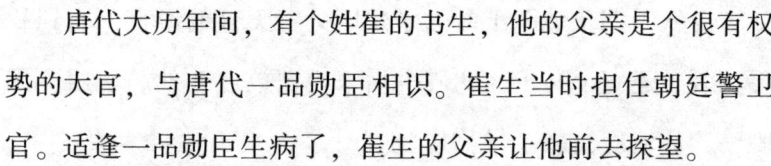

昆仑奴

唐代大历年间，有个姓崔的书生，他的父亲是个很有权势的大官，与唐代一品勋臣相识。崔生当时担任朝廷警卫官。适逢一品勋臣生病了，崔生的父亲让他前去探望。

崔生拜见之后，转达了父亲的问候。在和一品勋臣的攀谈中，他举止安详，谈吐清朗，深得一品勋臣的喜爱。于是，一品勋臣让身边一个穿红绡的侍妓，高擎着一瓯浇上乳酪的樱桃给崔生吃。崔生品性严谨，年纪轻轻，直羞得满面通红，最后碍于一品勋臣的面子勉强吃了一口。时间不早了，崔生告辞要离开。一品勋臣说："公子闲暇时，一定来看看我这个病痛中的老头子。"说完，让刚才那位侍妓送他出院子。崔生走到门口时，回头看了一眼，见那侍妓竖起三个指头，翻三次手掌，然后指着胸前的小镜子说："记住了！"再也没说别的话，就转身离去了。

崔生回到家中，向父亲转达了一品勋臣的谢意。待到返回后院里，就神态不安，面色沮丧，常恍恍然凝神思虑，不思饮食。左右的人没有谁能知道公子的心事。当时，家中有个昆仑奴叫磨勒，他在没有旁人的时候，对崔生说道："公子有什么心事，这样抱恨不已？为什么不说出来听听呢？"崔生说："你一个奴才，晓得什么，竟敢来问我的心腹事！"磨勒说："只管讲，奴才一定能给公子排解。不管发生什么，我一定能把事情挽救过来。"崔生对他这番不同寻常的话很是惊骇，于是把事情告诉了他。磨勒笑道："这点小事，为什么不早说呢？却偏偏要自讨苦吃！"崔生接着又把那穿红绡的侍妓的隐语也讲了出来。磨勒想了想，为他解释道："其实这并不难。竖起三个指头，是说一品勋臣宅第中有十院歌妓，她所住的地方是第三院。翻三次手掌，数一数是十五个指头，来应十五这个数字。至于胸前的小镜子，是说十五的夜晚月圆如镜，叫你前往幽会呢。"崔生听罢，高兴不已，但又略带忧虑地对磨勒说："一品勋臣的宅院又高又大，我怎么才能进去呢？"磨勒笑答："后天晚上就是十五之夜，请取家藏的两匹青绢，给公子制成紧身衣。一品勋臣用猛犬看守歌妓院的大门，生人是不能进去的，否则，一定会被咬死。那猛犬是曹州孟海一带的贡品，机警如神，凶猛似虎，人间除我之外，是没有人能杀它的。我一定要为公子除掉它。"

崔生十分高兴，就设宴犒赏了他。过了两天，到了三更时，磨勒带着链锤前往，约莫有一顿饭的光景就回来了。他平静地说："犬已被杀死，我们没有什么障碍了。"

这一夜的三更天，磨勒给崔生穿上青色的紧身衣，背起他飞越十层墙垣，来到歌妓院里。只见第三个门，绣户不闭，金灯微明，听得里面有歌妓长叹之声，像是在焦急地等待着什么。此时，侍卫们都已安歇，周围一片静寂。崔生就轻轻掀开帘子走了进去，但见那日所见的侍妓，正满面怨恨，泪光闪闪地倚在烛台旁，一见公子走进来，便一跃跳下，握着崔生的手激动不已，良久，才问道："公子聪慧，领悟我的暗语，但不知又有何神仙法术，来到这里？"崔生就把磨勒的计谋告诉了她，歌妓忙问道："磨勒在哪里？"忽听帘外有声音传入："在外守候。"歌妓于是召他进来，用金瓯盛上酒给他喝。然后，歌妓泪流满面地对崔生讲起自己的身世。她本是富家之女，偶然被一品勋臣看中，强要她做了歌妓。虽有绮罗珠翠，但内心十分痛苦，恳求崔生帮她逃脱桎梏。崔生听后，默然地看着磨勒。磨勒知道他的意思，就对歌妓说："既然你心意已定，逃出这监牢似的院子也并非难事。"于是，磨勒先替歌妓背出财物及梳妆用具，共运了三个来回，然后又对歌妓说："再不走，就要天明了。"说完，背起崔生与歌妓，飞越十几重高大的院墙而去。一品勋臣家的守卫之士，没有一个觉察的。崔生回到自己家里，把歌妓藏了起来。到天明时候，一品勋臣家方才发觉猛犬已死，歌妓失踪。一品勋臣大惊道："我的家门，从来都是深邃严密的，锁钥极严，看样子是腾飞进来的，可又寂然无声，不留一点形迹，一定是位侠士携走了她。先不要把这件事声张出去，我们慢慢地查访动静。"

歌妓就这样在崔家藏了两年，在百花又盛开的季节，乘着小车到曲江游春，被一品勋臣的家人暗中认出来，禀报给了主人。一品勋臣对此感到十分惊异，便召见崔生询问。崔生惧怕他的势力，不敢隐瞒，就详细地说明缘由。一品勋臣听后，说道："是这歌妓的罪过！但是公子已经允许她侍奉自己两年了，我就不再追问她的是非。可是，我必定要为天下人除掉磨勒这一害。"于是，命令五十个披甲之士，手握兵器，包围了崔生的房子，下令他们去捉拿磨勒。磨勒对此不屑一顾，带了匕首，径直飞出高墙。他像长了翅膀，快速如同鹰隼。尽管地面上众箭齐发，攒射如急雨，可是不曾有一箭射中他。顷刻之间，就不知他飞往何方去了。这使众人十分惊愕。事后一品勋臣又悔又怕，每到晚上就命令许多家仆拿剑戟来守卫，这样过了一年才停止。

十几年后，崔生家有人在洛阳街市上，见磨勒卖药，他的面容如同十几年前一样。

秦大和秦二

无锡有姓秦的两个兄弟,天生力大无比,能够轻而易举地用手指弹碎猪羊的骨头。幼年的时候,父亲就去世了,只有一位老母管教他们。为了让两人刻苦读书,他们的母亲在屋外又另辟新室,作为他们的书房。每日,他们的母亲在书房外做些针线活儿,监视他俩,以免外出惹事,以为从此可以管束他们了。谁知两人偷偷地打开窗户,作为出入的门径,又跑到外面惹是生非。事毕后,必然抄小路回到书房,安静地坐在书桌旁读书。而且,兄弟两人经常交叉着外出。弟弟出去了,哥哥就在书房里读书;若哥哥要出去,弟弟就留下来。他们的母亲在房门外听着,好像两个孩子的读书声从未间断过。有的时候,邻人找到家里,向他们的母亲申诉两个孩子的恶行,他们的母亲常常不相信。待到那个人一再坚持所说的话,并且质问其母,说:"你现在一定能保证,他们两个在书房里吗?"他们的母亲不得已,就起身到书房里查看，每当这时，书房里便响着琅琅的读书声，秦大、秦二面色平和，不像刚刚和别人打过架的样子。让他们背诵所读之书，竟然一字不差。于是，他们的母亲反而疑心是邻人在撒谎，就责问道："你看他们像是刚刚打过架吗？"邻人也被弄糊涂了，只好丧气地离开。

　　后来，又经过多次这种事情，秦母慢慢地开始怀疑自己的两个孩子的行为了，于是，让匠人制成很粗的铁链，绑在他们俩的脚上，并在书案旁对他们说道："我知道你们俩顽皮淘气，还善于和别人打架，就算是锁链也不能够锁住你们。但是我不能让外人议论我，以为是我纵容溺爱你们俩，从不严于管教。如果你们俩还当有我这么个母亲，就老老实实在家读书。"秦大、秦二虽然力大，足以挣脱铁链，但是素有孝心，听到母亲这样说，也就不再违背她的话，每日果然带着铁链，在书桌旁认认真真地读书，一刻也不离开家中。这样经过很长一段时间，秦母又自觉内心怜悯疼爱起他们来。

　　一天，母亲借口是自己的生日，允许他俩到户外玩一会儿，并且告诫他俩说："不要离家太远，更不要惹是生非。如果不听我的话，我就永远把你们俩锁在一起，再也不许外出。"秦大、秦二口里答应着就跑出去了，刚走出家门口，就看见一个和尚敲着木鱼在沿街乞讨。秦大生性急躁，听到这传来的阵阵木鱼声越发气恼，便立在自家门前，看准了和

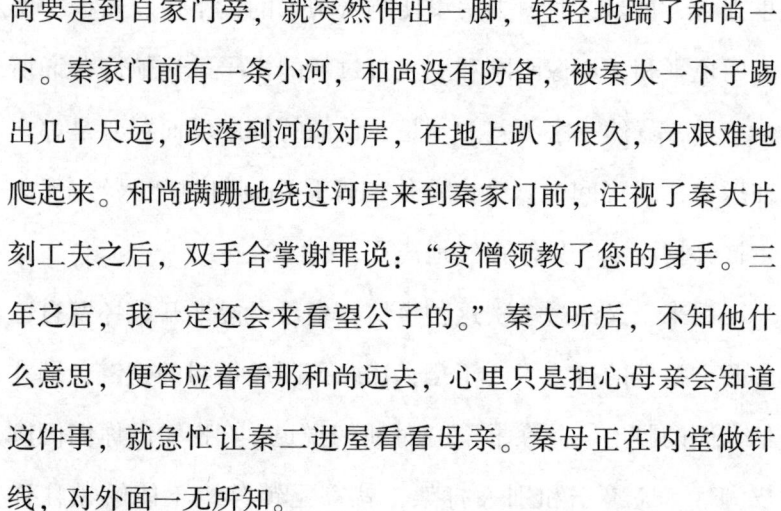

尚要走到自家门旁,就突然伸出一脚,轻轻地踹了和尚一下。秦家门前有一条小河,和尚没有防备,被秦大一下子踢出几十尺远,跌落到河的对岸,在地上趴了很久,才艰难地爬起来。和尚蹒跚地绕过河岸来到秦家门前,注视了秦大片刻工夫之后,双手合掌谢罪说:"贫僧领教了您的身手。三年之后,我一定还会来看望公子的。"秦大听后,不知他什么意思,便答应着看那和尚远去,心里只是担心母亲会知道这件事,就急忙让秦二进屋看看母亲。秦母正在内堂做针线,对外面一无所知。

秦母信奉佛教,这年年末的时候,催着两个孩子护送自己到临安城去拜谒各个寺庙。于是,秦氏一家人走便道,来到了杭州的灵隐寺。有位主持的和尚出来迎接,竟然是当年被秦大踢倒的那个和尚。这个和尚看见是秦大意外地找上门来送死,心里十分高兴,说道:"公子您大驾光临寒寺,我们满寺生辉呀!"秦大知道和尚话里带刺,就赶快安置好母亲和兄弟,斥退众人,问和尚道:"你到底想怎么样吧?"和尚说:"岂敢,岂敢。我只是至今不忘公子你赐给我的那一脚,这么长时间还没有回报你,这太没有礼貌了!今天,能否再向公子请教一二呢?"秦大答道:"我陪着母亲到这里来敬佛,我的母亲生性胆小,希望你不要打扰她,让她受惊。等我把母亲送到船上以后,立即回来,可以吗?"和尚听后,故意刺激他说:"公子是个堂堂男子汉,千万不要用谎话来骗我呀！"秦大笑而不答。

等到母亲进过了香，兄弟二人服侍母亲上了船，就在船要开的时候，秦大假装惊声对秦二说道："我有个东西落在寺里没拿，我要回去把它取回来。"又对行船的舟人吩咐，等他回去后再开船，于是，只身返回寺院里，看见和尚正坐在院中间，几十个拿着不同武器的徒弟围在他周围。秦大有些吃惊地问道："你想以众欺寡吗？"和尚回答说："这是徒弟要主动帮师父，天下人不会耻笑的。"秦大又说道："我一个来到这里，就算要死的话，我也应该知道你们一共有多少人在场，多少人一起把我杀死的。好让我在后世有个传颂的声名，说我秦某人不是个胆小的懦夫，面对多少人临危不惧。这样的话，我死也瞑目了。"和尚听后，欣然答应了秦大的要求。他伸出右手的食指，指着周围的徒弟开始查起来："一、二、三……四十八。"然后，又指着自己说："加上我一共是四十九人。"和尚刚刚把话说完，就见秦大指着他重复说道："加上你一共四十九个和尚。"话一说完，转身就走。和尚和手下的徒弟一个个瞠目相视，惊得不敢出声，竟然看着秦大从容地离开寺庙，而没有一个人敢去阻拦。

秦大，名大用，字西来，是后来的十八位武师之一。秦二武艺略逊他哥哥一筹，但和世人比起来却又相当高超。当时，人们都把他们和古时季布兄弟相提并论。

范雎入秦

范雎，魏国人，字叔，常在各国诸侯之间进行政治活动，想在魏国国王手下谋个一官半职，因为家境贫穷，没有贿赂上层人物的大量财物，就只好先在魏大夫须贾那里混个差使。

须贾奉了魏昭王之命出使到齐国，范雎作为随从人员也去了。在齐国耽搁了好几个月，还没有结果。齐襄王听说范雎能说会道，很有口才，就叫人赏给范雎黄金和美酒。范雎辞谢，不敢接受。须贾知道了，十分生气，以为范雎将魏国的秘密情报告诉了齐王，所以才得到齐王赐给的礼物。他叫范雎收下了美酒，退还了黄金。后来回到魏国，须贾心里怨恨范雎，就把这事告知了魏国的丞相魏齐。魏齐听了须贾的汇报，大发脾气，就叫门客用竹板打范雎，打折了肋骨，打落了牙齿。范雎假装死了，被人用苇箔卷了起来，丢在厕所里。客人们喝酒喝醉了，轮流去厕所朝范雎身上小便。魏齐有意这样糟蹋他，为的是警诫别的门客，叫他们再不敢在外面胡言乱语。范雎从苇箔里偷偷地对看守他的人说道："等没有人的时候，你能把我弄出去吗？到了外面，我一定重重地酬谢您。"看守的人就向上面请示，要求把苇箔里的死人丢掉。魏齐当时已经喝醉了，说："行啊！"范雎就此逃了出来。后来魏齐酒醒后，开始怀疑起来，派人四处查寻。当时魏国有个人名叫郑安平，听到消息后，就带着范雎一同逃走，躲藏起来。范雎换了个名字，改叫"张禄"。

正在这个时候，秦昭王派遣谒者王稽，出使到魏国。郑安平冒充一名勤务兵，伺候王稽。王稽问他："魏国可有什么出色人才，能够和我一起到西边走走吗？"郑安平说："小人里弄里有位张禄先生，很想和您见见面，谈论天下大事。可是这个人有仇家，不敢白天露面。"王稽说："那就夜间领他一道来吧！"到了夜里，郑安平领了范雎去见王稽。没有说上几句，王稽就发现范雎的不凡，就恭敬地对他说："先生事后可在三亭的南边等我。"两人暗中约定好联络的时间，然后分手。

王稽向魏王告辞后，就来到约定地点，把范雎载上了马车，一径进入秦国境内，来到湖地，远远望见一大队车马由西迎面而来。范雎问："那走过来的是什么人呀？"王稽说："那是秦国丞相穰侯，在巡视各个县。"范雎说："我听说穰侯把持秦国政权，最厌恶收容各国游士，恐怕他要侮辱我。

我不如暂时在车厢里躲一躲。"过了一会儿，马车来了，果然是穰侯。他向王稽道劳，停住车子攀谈，问道："关东各地新近发生什么事故没有？"王稽说没有。接着，他又说："使君该没有和各国的食客游士一道回来吧？同这些人打交道一点好处都没有，这些家伙只会在别的国家里制造混乱罢了！"王稽说："不敢！"然后，两人才分手，各奔东西。范雎说："我听说穰侯是个足智多谋的人，只是他反应迟慢。早先原是怀疑车里有外客，却没有想搜索一下。"说完，范雎就下车步行，一面走，一面又说："他一定会后悔的。"走了十多里，穰侯果然又派骑兵返回搜查，一无所获，才算罢休。

范雎就这样和王稽进入秦国京城咸阳。

经过秦王的多方面考验，范雎终于做了秦国的丞相，秦国人都管他叫"张禄"。这事魏国人不知道，以为范雎老早就死了呢。当时，魏王听说，秦国有向东进攻韩魏的计划，于是派须贾作为使臣来到秦国。范雎听说须贾作为使臣来到了，就乔装打扮，穿了一套旧衣服，从僻静小路来到宾馆，求见须贾。须贾见到范雎，大吃一惊，说："范叔还好吗？"范雎说："不错。"须贾笑着问："范叔是到秦国进行游说的吗？"回答说："不是的！只为前些日子得罪了魏丞相，所以才逃到这里。"须贾说："现在范叔干点什么呢？"范雎说："给人家打打短工罢了。"须贾内心有些过意不去，就留他坐下,招待酒饭,说:"范叔一贫如此吗?"就取了一件粗绸袍子送他,顺便又道:"秦国张丞相,你知道吗?我听说他是秦王宠信的人,天下大事都由他决定。我这回到秦国来,希望都在张丞相那里了。你可有朋友和张丞相熟识,引荐一下我呢?"范雎说:"我的东家和张丞相是老相识,我可以为您引见。"须贾说:"我的马病了,车轴折了,没有四匹马驾的大车,我可是不出门的。"范雎说:"我可以帮您去借。"

范雎回去后,亲自赶着大车把须贾送进了秦国的丞相府。府里的人,只要是认识范雎的,都远远地回避了。须贾觉得很奇怪,下车之后,他就等着范雎为他回禀。可是等了半天,也不见有人出来,就问门口的侍从。侍从们说:"刚才进去的那个赶车人就是我们的张丞相呀!"须贾吃了一惊,知道自己难逃此劫,于是,脱下衣服,赤裸上背,跪地膝行爬到府里的大厅内,看见范雎正高坐帐幕之中,身旁站列着很多随从。须贾磕着头,自称"死罪",说:"从此之后,须贾不敢再读天下之书,不敢再过问天下政治,狗眼看人。听候您的处分。"范雎说:"你的罪状像你的头发一样数都数不清楚。我之所以饶了你,只是看在一件粗绸袍子的分上。"说完,撤去了接见时的排场,进宫去向秦昭王汇报,叫须贾自己回去。

须贾向范雎辞行。范雎大摆筵席,把各国诸侯的使臣都请了来,招待他们一同坐在堂上,酒食极其丰盛。让须贾坐在堂下,在他面前放一盆料豆,叫两名脸上刺了字的养马犯人,夹着他,像喂马一样地喂他料豆。范雎数落他说:"替我告诉魏王,赶快拿魏齐的头来!如若不然,我就要屠杀大梁了!"

须贾回到魏国,把情况告诉了魏齐。魏齐害怕,就逃到赵国,躲在平原君家里。

莫 郁

明朝的时候，有一位名叫莫郁的奇人。他字文郁，又号云楼，是江苏无锡人，外貌俊美，勇力绝人，一双长臂可以和猿相比。乡里曾经有几十个少年手拿长矛，开玩笑地把他围在中间，他只高高地腾空一跃，身子像鹰一样飞起。众少年再看时，莫郁已经跳出圈外。

曾经有一次，有个京城里的宦官行水路经过无锡，态度骄横，又向当地索要重金贿赂，还把无锡的丞驿绑在船旁的柱子上，用皮鞭抽打不停。莫郁看见后勃然大怒，一跃登上了宦官的大船，把宦官抓起一下子扔进水里，宦官的侍从被吓得不敢靠近。宦官自知理亏，虽然心里生气，也奈何不了他。

等到莫郁长到壮年以后，开始想学习书画，最喜欢描摹名人的书画。他常常写斗大的毛笔字贴到自家的门上；画成一幅山水画之后，一定在侧面仿效张旭的狂草题诗其上。遇

到自认相知的朋友，就非要赠送给人家；如果不是他看中的朋友，就算肯出大价钱去买，他一个纸片都不肯给。

晚年的时候，他曾画了一幅松石图：画纸的中央是一棵高似千尺的松树，一块像猛虎样的巨石倚在松下。整幅画的势态怪异，却是他平生最为得意之作。就是自家最亲近的人，他都舍不得给。之后，他请当时人物画名家王仲义，把自己的画像绘在上面，正好坐在那棵苍劲古松下的巨石上，大概是用松石自喻自己品格的坚贞吧。

三山和尚

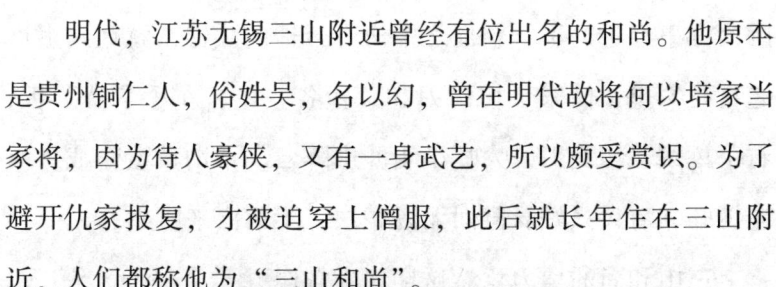

明代,江苏无锡三山附近曾经有位出名的和尚。他原本是贵州铜仁人,俗姓吴,名以幻,曾在明代故将何以培家当家将,因为待人豪侠,又有一身武艺,所以颇受赏识。为了避开仇家报复,才被迫穿上僧服,此后就长年住在三山附近,人们都称他为"三山和尚"。

三山和尚所住的地方太湖环绕,经常有成群的强盗出没。一次,有伙强盗趁他没留心,抢走了他的衣物。三山和尚不急于追赶,而是从近路抢先下山,找到了强盗所乘之船,便把它迅速拖上岸,藏了起来,自己又隐没在附近茂密的草丛里,悄悄地等候动静。果然不一会儿,这伙强盗下山来,四处找寻来时的大船,却没见一丝踪迹。他们又害怕,又焦急,想要弃舟而逃,可又没有其他的旱路可以离开这里。正在惶恐不安之际,忽然看见三山和尚从草丛里跳出来,大声喊道:"你们的贼船在我手里呢!"这伙强盗向三

山和尚那里看去，只见他们的船已被倒置在茂密的草丛里。他们心里十分害怕，于是，一起叩头乞求道："大师，您是神人，恕我们有眼不识泰山，以后我们再也不敢了。"三山和尚见他们确实有心悔改，就从容不迫地把那条船又推进湖里，众强盗都拜谢不已，心里暗暗惊叹三山和尚勇力不可抵挡。

明朝灭亡以后，当地总兵黄蜚仍旧屯军在太湖，分兵几路攻打无锡南门，希望与清兵争个你死我活。三山和尚恰巧因为办事经过这里，仓促之中没有合适的兵器，就跑到附近老百姓家里，借来了切面刀和菜板各一个，左手拿着菜板，右手挥舞着切面刀，大呼小叫冲进阵营，帮助黄蜚作战，所向披靡，清兵只好躲避回无锡城内，不敢出来应战。

三山和尚的勇力竟然这样让人敬佩。

嘉定老人

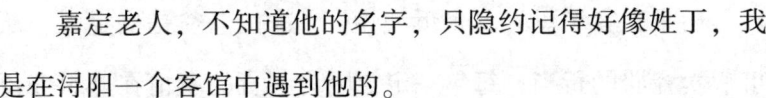

嘉定老人，不知道他的名字，只隐约记得好像姓丁，我是在浔阳一个客馆中遇到他的。

当时，我住的客房与他的客房恰巧是斜对过儿，从窗户里望见他手拿长管的烟杆，口里一吸一出地有节奏地吸着烟，独自一人坐在木椅上，一副若有所思的样子。虽然隔着一小段距离，我仍旧能感到这位老者的双目炯炯有神，两道目光好像射出的两根竹竿，奕奕有力。我看后，心里惊愕不止，便走进他的客房，拱手见礼。寒暄之后，发现他言语颇为谦顺，没有狂傲欺人之气。既然已经走了进来，我也就没有什么可以隐讳的了，于是就恭敬地对老翁说："我看您双目炯炯有神，一定有与众不同之处吧？"老翁微微笑了笑，既没有肯定，也没有否定。恰巧客馆之内有人早就认识这位老翁，就从旁打趣道："您本来就身怀绝艺。为何不趁着今天闲着无事，给我们大家展示一下呢？"这位老翁听了以后，

就伸手从钱袋里取出几十枚铜钱,只用手指夹住铜钱的两端,说道:"东面墙柱上有大小两个木星,连在一起像个葫芦。大家看看我用铜钱投掷到那里怎么样?"话刚刚说完,几十枚铜钱应声飞出去,没有一枚散落下来的,只听到铿然击中木柱的声音。那两个木星被铜钱打中后,遮蔽得再也看不见了。旁边的人走过去,一一数出来,结果一共有三十九枚铜钱。我看到这里大惊失色,非常佩服地说道:"我本来猜想您一定是异人,现在果然证实是这样的呀!"

后来,客馆里有人告诉我说:"这位老翁是嘉定人,从事贩卖瓷器的行当,每年一定会因为买货的事情在这里停留一段时间。曾经收过几百个徒弟,其中只有一人是老者最喜爱的。这个徒弟因为受到师父的真传,就渐渐有些狂妄自大起来,想要略开玩笑似的把师父推倒在地上。这位老翁早就看出徒弟的心事,就趁机对他讲:'你想要和我玩两下拳脚吧?那我现在就坐在这里一动不动,如果你果真能推倒我的话,你今后想做什么,我都不再阻拦你。'他的徒弟用尽了各种办法,都不能让老翁跌倒,心里非常生气。有一天,无意中看到师父正盘膝假寐在床榻上,口水都流到衣服里了。他想这下可以得手了,就突然冲过去,用双手去扳老翁的肩膀,老人的头不由自主地撞到徒弟的胸部。徒弟被顶得往后仰身,但双手还抓着老翁的双肩往下拉。老翁突然伸出两只手像钳子一般抓住他的双手,真似老鹰捉小鸡一样。他的徒弟想动又动不了身,只得泪流满面地哀求老翁说:'这是徒弟的过错!但望师父您饶恕我,我全身好像被麻醉一般,连骨头都要酥了。'老翁笑着说:'你受的这点苦,一会儿就会好的。如果不是我用手抓住你,你被我的头顶得跌倒了,你受的苦比这可要多得多呢,怎么不先谢我,反而埋怨起我来了!'他的徒弟除了大声地哭叫之外,再也没有什么可说的了。就这样,他的徒弟又过了很长一段时间,才能像先前一样行走自如。"

白太官

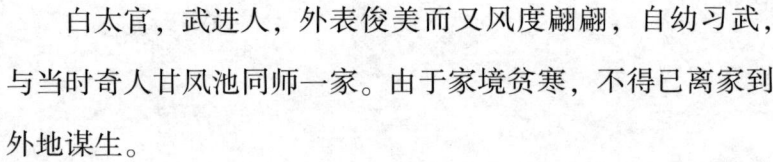

白太官,武进人,外表俊美而又风度翩翩,自幼习武,与当时奇人甘凤池同师一家。由于家境贫寒,不得已离家到外地谋生。

一日,他经过一座高山,绕山行走十几里路,还没有走出去。当时天色已近黄昏,而山谷之中又不辨方向,结果迷路在里面。正在焦急之中,忽然隐约看见前面有一茅店,门外似乎有用墨笔书写的"客店"两字。于是,他就大胆走过去,只见店门虚掩着,店堂内又空无一人,好像被丢弃不用一般,里面没有床帐,几支残烛在风中忽明忽暗,显得阴森恐怖。白太官大声呼叫,询问是否有人住在这里,结果回答他的只有风声。他心里正惴惴不安之际,忽然瞥见墙角有一巨大的水缸自己动了起来,接着,有一个陌生人从缸里探出身子,然后急速地跑向店外。白太官跟着跑了出来,可那人一转眼就再也不知去向。白太官知道这里一定不是善人所居之地，想赶紧离开。可又一想，实在没有别的地方能够临时休息一夜的，只好枕着随身携带的佩刀勉强和衣凑合一宿。

刚刚蒙眬入睡，隐约感到几支残烛已燃尽，凄冷的寒月把微光洒到窗纸上，一切似乎很平静而安详。忽然窗外有响声，一团黑影从外跃入，好像一只轻盈的飞鸟一下子飘到自己床前。白太官心内大惊，定神一看，原来是位身材苗条的年轻女子，正举着双刀向他砍下来。白太官此时再起身相敌已经来不及了，只好疾转身子滚向床的里面，避开那女子的双刀。那女子没有提防，双刀一下子砍进床板里，仓促之间来不及拔出来。白太官正好抓住这个时机，抽出身边的佩刀，与她格斗起来。渐渐地白太官感觉自己难以支撑，就想赶快逃开，偷眼一瞧窗外，好像有埋伏接应那女子的人，就不敢从窗子跳出。于是，白太官一闪身双手抓住房梁，用脚拼命踢断支撑的椽子。本已破旧的老屋一下子塌了一半，白太官飞身跳出来，拼命向前跑，那女子尾随其后，一刻不停。两人就这样疾跑了几十里的崎岖山路，这时天色已经微明了。两个人都由于长时间疾跑而感到体力不支，慢慢脚步变缓，最后一前一后都仆倒在地上。那女子昏了过去，白太官毕竟是个男的，渐渐地从地上爬起来。他本想一刀杀了那女子，可是看到她娇美的容貌，却不忍心下手。于是，就把刀扔到一边，跑到不远处的小溪中一次次捧清凉的泉水给那女子喝。等那女子喝完泉水，呼吸开始平稳之后，白太官恭敬地在一旁静静地守护着她，那女子苏醒过来之后，心里很感激白太官的恩情，就委身于他，白太官高兴地把她带回家。

又有一次，白太官夜间赶路。天色很暗，道上有一个和尚无意中撞到了他的肩膀。白太官十分生气，开口大骂那个和尚无理。和尚心里也不服气，两人由争吵变成了打斗。和尚自知敌不过白太官，几个回合之后，败下阵来，就很有深意地请教白太官的尊姓大名。白太官告诉了他。和尚略带挑衅的口吻说道："十年之后，我还要来向你讨教的。"然后，就消失在夜色里了。白太官不久也忘了这件事。大约过了十年，有次白太官乘舟游西湖。和尚听到这个消息，也跟踪前往。白太官无意中在闹市里听到人们谈论这个和尚的事情，就提前有了心理准备，回到船上后，把自己装扮成身穿褐色短袄的佣人模样，毫不急躁地静候和尚的光临。终于，和尚来找白太官报仇来了。由于那次夜间很黑，和尚也没有认清白太官的外貌。身穿仆人衣服的白太官从船里走出来，告诉这和尚，说："我的主人不在家，请您过几日再来吧！"这和尚对白太官的话深信不疑，就有些遗憾地说道："没关系，我可以等等他。虽然多年不见面了，可我一直记挂着他。"于是，白太官就请这和尚到船上坐着等自己回来。和尚坐稳之后，白太官便以仆人的身份，为他做饭做菜。只见白太官

取来大块的栎木当柴烧,不用刀斧,只用手掌一砍,栎木就断成一小块一小块的了,大小正适合燃烧。然后,又用绳子绑在筷子上,像扔叉子一般向河里叉鱼。每次把绳子提出水面,总会有一条鱼被叉到肚子。这样反复了好几次,不用平常的鱼竿却同样钓上了好些鱼。这和尚在旁越看越害怕,心里想:他的佣人武艺都这等高超,那么主人的功夫一定更加高深。等到他吃过饭之后,就对白太官说:"你的主人到现在还不回来,我不能再等下去了。但是十年都不曾相见了,不能不给他留下个记忆就离开呀!"说完,这和尚一下子从船舱的窗户跳出去,一手抓住了岸边的石头栏杆,整个身子以手为支点,倒竖起来。随后,好像一只猛虎一般跳跃而去。等到他远去了,白太官走下船一看,石栏上已经深深印上了手掌印,嵌入石头里几十分,好像是匠人刻下的一样。白太官不觉心内悚然。

　　白太官生性急躁,就讨厌别人武艺胜过自己。离家几年,出外做生意,挣到一大笔钱后,急着往家赶。快走到自己家的时候,在道边看见一个小孩儿,年龄不到十岁,双手握成小拳头,猛击道边的一座石狮子,火星四射。白太官心里十分惊异,转念一想:这个孩子小时候就能这样,长大以后还有谁能对付得了呢?于是,他挑斗这个小孩儿,和自己打起来。这个小孩儿哪里能打得过白太官,反而身受重伤,躺倒在路旁,虽然奄奄一息,却还能大声哭叫道:"我的父亲白太官怎么还不回来呀？你的儿子要被人打死了。"白太官听到这里，脸色大变，但此时已经无法挽回了，只好一边哭一边背着自己孩子的尸体回到家里。他的妻子知道了事情的经过之后，大声骂道："虎豹尚且不食子，你却连禽兽都不如呀！"

就这样，白太官一直到老死，再也没有儿子。

周　处

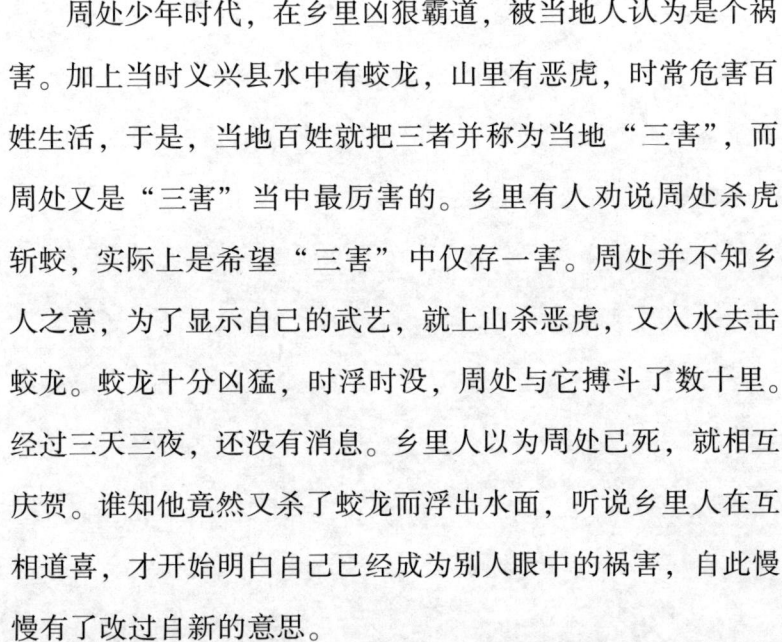

　　周处少年时代，在乡里凶狠霸道，被当地人认为是个祸害。加上当时义兴县水中有蛟龙，山里有恶虎，时常危害百姓生活，于是，当地百姓就把三者并称为当地"三害"，而周处又是"三害"当中最厉害的。乡里有人劝说周处杀虎斩蛟，实际上是希望"三害"中仅存一害。周处并不知乡人之意，为了显示自己的武艺，就上山杀恶虎，又入水去击蛟龙。蛟龙十分凶猛，时浮时没，周处与它搏斗了数十里。经过三天三夜，还没有消息。乡里人以为周处已死，就相互庆贺。谁知他竟然又杀了蛟龙而浮出水面，听说乡里人在互相道喜，才开始明白自己已经成为别人眼中的祸害，自此慢慢有了改过自新的意思。

　　于是，周处去吴地，想要讨寻陆机、陆云的指教，重新做人。陆机有事出门，只有陆云一人在家，他就把自己的情况如实地讲述给陆云，并且诚恳地说："我自己非常希望改

过自新，可是大好时光已经被我白白耽误掉了。我终将一事无成吗？"陆云听后，告诉他说："古人尚且懂得'朝闻道，夕可死矣'的道理，你前途还是有望的，能做一番事业。人们忧虑的只是不懂得立志成才，而你为什么担忧美名不扬呢？"

周处遂改过从善，最后成为人们颂扬的忠臣孝子。

侠 妓

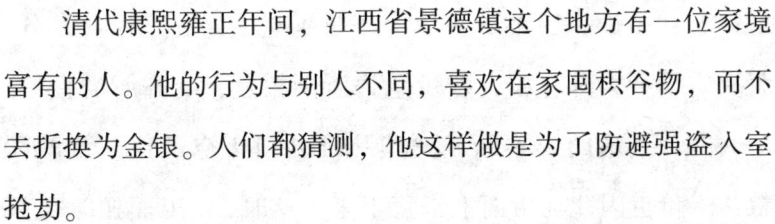

　　清代康熙雍正年间,江西省景德镇这个地方有一位家境富有的人。他的行为与别人不同,喜欢在家囤积谷物,而不去折换为金银。人们都猜测,他这样做是为了防避强盗入室抢劫。

　　适逢一年庄稼歉收,米价一下子上涨了好几倍。这个富人自恃囤有大批余粮,便不急于出售,只是希望米价再多涨几倍后出售,以便挣到更多钱。众人虽然怀恨在心,可是又确实无计可施。当时有位年轻的歌妓,人称"玉面狐"。她知道这件事后,就对众人说:"让他卖米不是件难事,但是你们也得把买米的钱先准备好。"众人听了这话,都面露疑色。这歌妓不再多言,竟只身来到富人家里,对他说道:"我是鸨母的一棵摇钱树,为妓院挣了不少钱,可鸨母却时常虐待我。昨天,我又和她吵起来,她答应如果有一千两银子的话,就可以让我赎身。我现在已经厌倦妓院里的风尘生活，只是希望嫁给一个老实忠厚的人。可惜到现在为止，还没有找到一个像您这样气度不凡的人。若您不嫌弃小女子，我愿意终生侍奉您。听说您平日不愿意积存金银货币，但是二千贯钱总还是能拿出来的吧？以后所欠的还可以从长计议。昨日，有位经营木材的商人知道了这件事，已经动身回天津取钱了。我估算一下往返的路程，要回来也是半个月以后的事情。我不愿意跟这样的庸奴，如果您能在十日之内把我赎出来，我一辈子都记得您的大恩大德。"这位富人本来就迷恋"玉面狐"的容貌，今日听了这话，更是惊喜万分，就决定马上大开仓廪，贱价急售所囤粮食，凑齐所需金银。一时间，买米的人不断，竟然几日之内买空了他平常的积粮，米价也因此在市面上平稳下来。这时，"玉面狐"又只身到富人家去，当面道谢说："鸨母把我养了这么大，只是由于一时生气才辱骂了我，所以我才想离开她。现在又一想，我怎么能因几件小事负心离去呢？更何况，鸨母已经后悔，苦苦挽留我了。我们之间的事情还是等以后再说吧！"

这富人与"玉面狐"原来只是私下相约，无媒人又无凭证，更没有出一文钱的聘礼，所以最终也只好不了了之。当时"玉面狐"年仅十六七岁，就能这样做事，也算得上侠女了！

剑仙聂碧云

聂碧云，兖州一位奇女子。自幼异人传授剑术，可以飞剑取来十里之外仇家人头。长大后，嫁给一位擅长吹铁箫的游士。两人的姻缘也很奇特。聂碧云的丈夫早年在江湖游荡，曾经有次醉酒后坐在河边柳荫下吹箫，十分悠然自在。树旁适逢停泊一叶渔舟，舟上有位不孝逆子在打骂自己的老父，不堪入耳的脏话时时传入耳中。聂碧云的丈夫实在无法忍受，一气之下，掷箫而去杀死了那个不孝的儿子，而自己则被迫放浪江湖，没有踪迹。一日，到崂山访道，刚从五老峰下来，正好一眼瞧见聂碧云，久久视之不肯离去。聂碧云注视了他良久，说道："我看你好似行踪不定之人。我还没结婚，愿意跟随你浪迹天涯。"于是两人结为夫妻。她丈夫想在西南山脚下盖房子，两人长久安定地生活。聂碧云说："我还有深仇大恨没有了结，此时不到隐居的时候。我之所以要跟随你，跋涉山川，只是想解除彼此的寂寞，并且希望你能在危险的时候，助我一臂之力。倘若有一天修道成仙，对于你来说也并非没有好处呀！"两人从此结伴游迹江湖。

聂碧云曾经从兖州、豫州，经过燕、齐两地，来到汴、洛一带。在路途中，每到一个地方，只作十日停留，从不长久在一个地方居住。在夜间占卜星气，卜面显示出"当在洪泽巨湖"的字样。于是，聂碧云怀疑在鄱阳湖里，一定有神物，就决定暂居鄱阳湖畔茅屋内，以待查明。在深夜时分，她取出一面几寸大的神镜，在一个盘子里面注满湖水，测出来的结果，表明神气离这里还有一段距离。她继续查看神气的光泽和浓度，最后得知这团神气在太湖湖底。聂碧云和她的丈夫连夜过九江，达三吴，居住在太湖西面洞庭山脚下，日夜占卜。她的丈夫对于碧云的行为感到很奇怪，就在闲暇时间询问她。碧云解释道："我的父亲是位得道之人，在许真君门下受教，学习修炼铅汞的方法。家父曾在炉中炼就一颗神丹，吃下去后可飞升云天。不料所居山潭旁有条毒龙窃知这一情况，就变化为许真君的样子，潜降到家父的居所，命令家父打开铜炉，把神丹分为两半，一半要家父吞下，另一半自己服用，然后，又假装要向家父授道家真言。家父刚一俯下身下跪领教，那毒龙就乘其不备，从袖子里抽出铁锤向家父头部打去，家父当即殒命。毒龙从此以后变化莫测。这深仇大恨我不能不报，但毒龙神通广大，不是光凭剑术就能制服的。还须求得三件宝物，方能杀了它。一件是定海神针，乃大禹当年遗物，投到水潭中，水波不兴；一件是降魔真杵；还有一件是炼影神镜。我现在只有其中一件，还没有找到另外两件宝物。近来，我探知定海神针就在此湖底，必须设法找到。否则，我害怕又被毒龙抢先下手。"从此以后，聂碧云便朝夕泛舟湖中，飞桨操舵全凭一个人。一天夜晚，皓月当空，她的丈夫正在房内夜读，四周一片寂静。碧云忽然款款从外面走进，衣服鞋子都湿淋淋的，头发上还有水珠往下滴，她对丈夫说："你可要为我庆贺呀，我已经找到了定海神针。"说完从袖里拿出宝物，大小像筷子一般，上面还有数行蝌蚪文，由于时间太久，字迹辨别不出来了。

第二天，聂碧云独自外出，走到浙江界内时，天色已晚，就住在附近店中。夜晚，有一头戴黄冠的道人飘然而至，颇为潇洒。碧云觉得有似曾相识之感，但又不敢贸然确认。只见那道人向碧云稽首道："三件宝物已经拿到两件，你为父报仇的日子不远了。我的师父有封书信让我交给你。"说完，拿出书信，又飘然而去。聂碧云十分奇怪，急忙拆开书信来看，竟然是许真君的来信。信上写道：降魔真杵现在在嘉兴西寺院韦陀手中。可惜因为被世俗香火熏蒸，失去仙气，必须念《金刚经》十万遍才能消除秽根，返璞归真。到那时，我自然会前来相助的。

聂碧云于是前往嘉兴，拿到降魔真杵后返回家中，把它供奉在案头，每日用异香淋蒸。又让自己的丈夫每天早晨晚上都念《金刚经》数卷,将近一年的时间,才达到所需数目。聂碧云曾炼就匕首百具,坚硬得可以削铁贯石。每当把匕首扔向空中的时候,就好像闪电流星般滑过,必中一物,从来没有虚发过。所有的东西都准备好了之后,碧云说道:"报仇的日子到了!毒龙以前藏在蠡湖水底,现在又跑到灵山最上峰了。我们一起入蜀捉拿它吧!"

于是,两人历经瞿塘、剑阁、夔门,又在成都休息了一个月,才来到阆中。登上蟠龙山远眺,只见灵山一峰,峭拔入云霄,气色葱蔚,好似神物所居之地。聂碧云高兴地说道:"就在那里!"她回过头来对丈夫说:"你敢跟我一起去吗?"她丈夫说:"哪有不去的道理。"聂碧云就交给他一个草囊,里面放有所炼的一半匕首,并对他说:"等到天空中云雨勃兴、雷电交加的时候,你望空而掷,没有打不中的。万一事情紧急,你可以手持降魔真杵,高宣《金刚经》,就能自卫,绝无危险的。"交代完毕,聂碧云整理好装束,开始登山,一口气爬到了峰顶,她丈夫在后边一直跟随着。只见峰顶豁然开朗,有一方大约百亩宽的深潭,水面清澈,涟漪荡漾。聂碧云说:"毒龙喜欢音乐,你可以吹箫来引诱它。"她的丈夫吹箫之艺本来就很神异,此时但听得箫音高飞入云,响如裂帛,低可入水,沉如钟鼓。再配上适当的律韵,抑扬婉转,真可谓"世间本少有,天上几回闻"。正在陶醉之际,碧云忽然看见水中有一大群鱼游过来。其中有条状如蜥蜴的东西,摇头摆尾,举止异常,她马上意识到是毒龙所化。于是,她急忙把定海神针投入水里,潭中清水一下子下降了好几丈。毒龙的身体显露出来,变化为巨蛇,随后,身体上长出鳞片。接着,千百条水蛇从潭里飞出,一齐扑向聂碧云。碧云不慌不忙把宝剑和匕首腾空一掷,所触之物顿时血肉横飞。交战了几个回合后,天地忽然晦暗,水火风雷并起。碧云丈夫匕首用完,只好坐在巨石上,执杵诵经。而碧云胸挂神镜,光芒四射,无人可近身。毒龙法术渐弱,知道不是碧云的对手,就再次腾空飞起,张开龙爪向碧云扑过去,打算与碧云一决雌雄。聂碧云把降魔真杵扔过去,正中毒龙的背部,毒龙倏地一下消失了。碧云急忙摘下神镜四面照,发现它伏在磐石下面。碧云搬开磐石,毒龙又一下子变成蛤蟆。聂碧云害怕毒龙再次变化逃走,就用神刺扎过去,只见毒龙血流如泉涌,血水都快注满深潭。碧云以为毒龙这回一定是死了,就高兴地说道:"二十年来的深仇大恨,今天终于得报。"这时,忽然听到空中传来声音:"你是有志之人呀!"循声望去,只见一人身着羽衣,头戴星冠,出现在云端,原来是许真君。许真君对碧云说:"毒龙伎俩百出,哪里会轻易死去。五百年后,还会出现祸害世人。不如让我把它带走吧!"说完,向潭里掷一个金色的钵子。那蛤蟆状的毒蛇竟然又活动起身子,一下子跃入钵中。许真君收起钵子,随后隐去了。

聂碧云十分喜欢莫厘的风光，就在那里挖地造屋，好像要一辈子守在那里似的。周围百姓都疑心她是异人，总有人前去向她问好。碧云虽然与丈夫名为夫妻，实际上食宿却是分开的，他们一年不经营农事，而衣食自给。当地人甚感奇怪。恰巧春天的时候，阴雨连绵不断，浙江、安徽一带又有蛟龙出现。连西山附近岩壑深处，时不时会听到龟鸣的声音。周围的百姓非常忧惧洪水的暴发，但是又没有办法可以阻止。一天晚上，雨骤风狂，洪水马上就要暴发。聂碧云发觉后，只身前往危险之地，抽出随身的宝剑，把水中逞凶的蛟龙一斩为二。等到第二天，再去查看，有一身长几丈的蛟龙尸体弃在岸边。于是，周围的百姓免除了水灾的威胁。又有一年，周围几百里久旱无雨，百姓祈雨，而天空只是雷声阵阵、乌云密布，却没见一滴雨。聂碧云知道后，心想一定有怪物捣乱，就在田野间仔细搜查，发现有一具棺木裸出坟外，坟头有一小洞，好像有东西经常从这里出入。于是，征得允许后打开棺木，看见一具僵尸卧在其中，身上已长满绿毛。聂碧云对周围人说道："这是旱魃在捣鬼，你们用柴烧烧它。"周围百姓如她所言去做，马上天降大雨。人们纷纷补种秧苗，并没有耽误农时。

有位姓甲的人家经常受到狐狸精的侵扰，想要赶走它们，却是苦于没有办法。狐狸一见甲家可欺，更加肆意狂放，甚至跑到左右邻舍家中，翻箱倒柜，把妇人内衣扔到外面大街上。其家中箱子无缘无故着火,死猫、死鼠的尸体会在饭盆里面出现。甲家也曾多方求请天师降妖,却没有一位有效果的。最后,只得找到聂碧云家中,再三恳求。聂碧云说:"降狐除妖不是我的特长,画符念咒我又不晓得。看在咱们是邻人的情分上,我去试试吧!"于是,跟着姓甲的人来到了他的家门外,刚要往里走,忽然一块巨砖飞过来,差点打中聂碧云的肩膀。聂碧云一下被激怒了,掷剑空中,室内一下子响起狐鸣,狐狸的头已经被斩断了。碧云说:"祸害已经除掉了。从此以后,你可以高枕无忧了。"回到家后,忽见一白发苍苍的老翁闯入。老翁道气盎然,盯着碧云说道:"你我同属一门,为何相欺太甚?我的子孙即使有不对的地方,也应该先告诉我才是,我定会惩罚不肖子孙。你却一定要用三尺宝剑加害它们,到底是为什么呢?难道说只有你知道为父报仇吗?我的仇,现在又让谁来报呢?许真君也只不过是我的后辈,难道就因为你的宝剑锋利,可以妄自砍杀吗?"聂碧云这个时候才知道,这位古貌老翁原来是狐祖。于是,她就势答道:"你也是涂山氏的后裔吧?远居深山,隔绝人间,自然与人无患。可是你的子孙侵扰百姓,逞纵狡狯,若按刑典来说,又该排在几等上呢?你自称可以管教子孙,当别人呼救无门的时候,你怎么却像聋子一样听不见呢?"狐祖无话以对,神情沮丧,仓促间返身走下台阶,不小心跌倒在地,化为苍狐远去。聂碧云回头对丈夫说道:

"狐祖的那个孙子,按阴间法律,还不至于死罪。我现在杀了它,未免有些不近人情,你念诵《心经》和《往生咒》各万遍去超度亡魂,也可忏悔一下我的过错。"

聂碧云在莫厘之地居数年,后入峨眉山学道,一去不返了。

辽东客

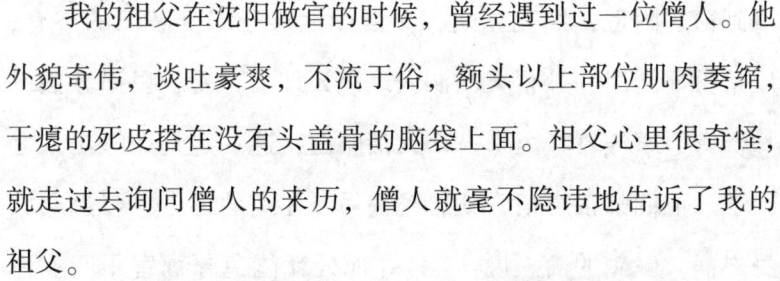

  我的祖父在沈阳做官的时候，曾经遇到过一位僧人。他外貌奇伟，谈吐豪爽，不流于俗，额头以上部位肌肉萎缩，干瘪的死皮搭在没有头盖骨的脑袋上面。祖父心里很奇怪，就走过去询问僧人的来历，僧人就毫不隐讳地告诉了我的祖父。

  这位僧人当初是强盗团伙内的一个小头目。他们聚集在关内一带，聚众十几人，僧人在其中坐第三把交椅。这些人经常暗伏在辽东的客道上，多次抢劫过往商贩的财物。有一天，从关内来了十几个结伴而行的贩卖珠宝首饰的商人，携带的财物总值上千两银子。夜晚时分，他们投宿到一家客店，只见旅舍内的房间很是宽敞，除了床帐之外没有其他摆设，只是在屋角堆置了一囤破旧的圆形谷仓，好像是客店主人原来盛米的地方，现在已经废弃不用了。这些商人看到后，也没放在心上，对此没有什么怀疑。其中有一位面貌清

瘦、身带佩剑的人对这个谷仓非常在意，时而围着它细细地看，时而俯下身子向谷仓底部摸一摸。别的人都以为他出了什么毛病，惊异地看着他的一举一动。过了一会儿，佩剑的商人微笑着对其他人说道："你们的死期不远了！"众人以为他在开玩笑，也就没有谁当真去询问他说这话的缘由。等到快要就寝的时候，佩剑的商人严肃地说道："今天晚上会有强盗登门拜访，各位不能不防备一下呀！"众人想起早前他所说的话，便都急切地询问原因。佩剑的商人于是把蜡烛拿到窗户附近，照亮屋角，又慢慢地移开那个破旧的谷仓，屋角就显露出一处很大的洞穴。众人往下一看，里面漆黑一片，有股寒气直扑上来。众人都明白，这一定是盗贼出入之径了。他们都很害怕，就想赶快另寻住宿的地方，以逃避杀身之祸。佩剑的商人说："另寻他处就能免除祸害了吗？你们不要惊慌，有我在，一定不会让你们丢失财物的。"于是，他就让众人上床休息，即使有巨大的响声也不要东张西望。他自己则拿了一条矮凳，守在洞穴的旁边，仗剑持灯静静地等待。众人心里十分害怕，哪里还能睡得下去，只是不好违背诺言而假装入睡。他们偷偷地向屋角张望，只见宝剑寒光充塞在室中，这显然是一股凛然正气，没有什么邪恶之物可以靠近。

这家客店的老板与强盗一伙早就狼狈为奸，已经接手过好几宗买卖了。客店老板看见这群商人住在店内，就暗地派手下人向强盗一伙通风报信。那伙强盗已经集合起来，收拾停当，就等着夜晚商人入睡的时候过去偷袭。这家客店的后面，地势比周围的低，而且恰巧有一个几丈深的大坑。那伙强盗利用这有利的地形，挖土成隧，同店内房屋角的洞穴连为一体，形成一个隐秘的暗道。此时，强盗十几人已经爬进了隧道里面，向商人们所住的那间屋子摸过去，渐渐地接近了洞穴的底部。因为前几次都很成功，所以没有谁防备什么。为首的强盗头子很慷慨地捷足先登，快要到洞口的时候，有一阵裂帛的声音传过来，接着，一具尸体坠落下来。众强盗爬过去一摸，血污手掌，强盗头子的脑袋已经没有了。一时间强盗人心惶惑，不知如何是好。在强盗团伙内有一项很古老不成文的规矩："长者亡，次者继之。"坐第二把交椅的强盗必须义不容辞地接替前者的位置，带领众人进攻，自己起表率作用。在几度犹豫之后，排行为二的强盗头子被迫向洞口攀登，可又是和刚才同样的结果，除了丧失了脑袋的一具血肉模糊的尸体之外，一切都很平静。这次轮到僧人攀行了，众强盗为他捏了一把汗。僧人此时神情沮丧，欲进不能，欲退又不可，心内实在是惴惴不安，无可奈何之际，只好硬着头皮爬上去。快接近洞口的时候，他吸取前二人的教训，不敢贸然上身出洞，只是偷偷地向上窥探，感觉寒气袭人，战栗着想缩回去，可又怕被众强盗耻笑，就慢慢地露出头顶，想趴在洞穴边缘仔细向室内察看。谁知刚刚露到眉毛之际，只觉一阵寒光扑过来，好像有一像冰块一样的东西削过头顶，接下来他就昏迷过去，什么都不知道了。众强盗正在隧道内等候，忽觉又有一物落下，用蜡烛一照，只见僧人天灵盖以上削去了三寸，血流如注，但身体还有微弱的气息。众强盗无心再去抢劫，就背着濒死的僧人回去了。

僧人被敷上草药，精心照顾，慢慢地苏醒过来，就这样躺在床上，半年以后才能起身行走。他回想半年前的事情，很颓然地对众强盗说："我们今后不可以再作孽了。"接着，就解散了强盗团伙，自己到某寺院中出家为僧。很多年之后，无意中又遇到当初那家客店老板，他就上前打听那些客商后来的行踪。老板说道："第二天他们便远行了。房屋内只有两颗头颅，而不沾一丝血渍。离开之前，有一位客商笑着对我说：'昨晚多谢你的帮助，以后定当回报。'说罢，他们一行人就离去了，再也不知去向。我心里知道他们已经晓得了我和强盗为伍，坑害路人，十分害怕日后有人来报仇，惴惴不安了很多年。现在侥幸还平安无事，以后再也不敢和强盗狼狈为奸了。"僧人听到这些话，只是长叹几声也离去了。

姜千里

姜骥,字千里,福建省武举孝廉,为人轻财重义,有侠士风度,在乡里颇受尊敬。

乡间有轻狂无赖之徒,对姜千里早就心存不服,碍于他的武功,还不敢轻易侮辱他。姜千里自恃武艺高强,心内也不惧怕。有一天,有位算命先生在城门口遇到姜千里,就拉住他说:"先生有三件大祸就要临身,为什么还不躲避一下呢?"姜千里平常本不信天命法术,故而笑了笑也不回答就抽身走开了。算命先生面露惭色退到一旁,自言自语道:"太可惜了!君子会被小人困在其中,不得施展本领和抱负。"围观的人没有谁能理解算命先生之言的含义。

过了一段时间,有小偷夜间跳入姜千里家,偷走数件银器。家仆把这件事告诉了姜千里,姜千里生气地说:"哪个人胆大包天竟敢偷我家的东西?"就派人四处查找,可是却一无所获。一天,姜千里的姑姑忽然引荐夫妇二人,说想介

绍二人投身姜家为婢仆。姜千里抬眼看那个男的，虬髯虎面，难找的好劳力；他身旁的女子，身体粗壮，是个料理家务的好手，就决定留下两人。姜千里询问两人姓名，男的叫吴老四，女的为马氏女。两人因为这年五谷歉收，家里难以维持下去，所以愿意自卖为佣，只希望有口饭吃，再也没有别的企图。姜千里对他们所言没有丝毫的怀疑，而实际上两人是当地的大强盗。从此后，夫妇二人在姜家殷勤服侍，深受姜千里喜爱和信任，吴老四也就改名为吴吉了。

就这样过了大约有一个月了，姜千里微感风寒，深夜卧床熟睡，忽然被格斗的声音惊醒。他起身，从窗户向外望去，只见院内火光冲天，人声鼎沸。再细一看，原来是吴吉正和一伙入侵的强盗在院里打斗。姜千里想要出门去助一臂之力，他的妻子是个聪明贤惠之人，急忙阻止他说："夜间仓促而出，你一个人怎么能让我放心呢？"姜千里觉得妻子所说有理，就没有急着前去助阵。过了一会儿，忽然响起了一阵急促的敲门声，有声音从门外传来："我的丈夫受伤快要死了，主人您怎么还高枕无忧呢？"姜千里仔细一听，原来是吴吉的媳妇在外哭叫。他再也按捺不住内心的怒火，觉得受到了别人的轻视，就披衣下床，暗中摸索到平日所持器械，拔开门栓冲了出去，他的妻子在背后再次阻拦，他始终不听。出得门来，只见吴吉媳妇在门外直立着，对姜千里说："主人先走一步，我随后就跟您一块去。"姜千里急速地赶到吴吉身旁，恰逢十几个贼人刚刚把吴吉摔倒在地上，又踢又打。姜千里挺身而出，叱责道："你们这些强盗不要过于猖狂，难道不知道我姜孝廉的大名吗？"话音刚落，只觉脚踝被暗处飞来的石子击中，一下子倒在地上。这大概是吴吉媳妇干的，但姜千里对此却一无所知。众贼趁着这个机会，把姜千里抓住绑了起来，施以毒打，打得体无完肤。姜千里咬紧牙关，一声不吭地忍受着。众贼数落姜千里道："你就是姜千里吗？我的兄弟本和你无冤无仇，你为何要多管闲事？"姜千里这时才如梦方醒，知道是为平日与自己有宿怨者所害，对自己没有一丝防患之心感到遗憾。众贼在灶里烧热铜条，打算对姜千里施以炮烙之刑。他的妻子听说后，派家仆捧着大批金帛前去贿赂贼人，如此来回三趟，才算填饱了贼人的贪欲之心。吴吉媳妇自告奋勇，把已经昏厥的姜千里从答应放人的强盗那里背了回来，安置在卧榻上，转身对姜千里的妻子装模作样地说："您好好地照看主人吧，我还得去看看我丈夫是否还活着。"然后，径自离开，姜千里的妻子大受感动。等到第二天，姜千里能开口说话，也能下地了，大家才放下心来。而吴吉却仍旧卧床不能行走。姜千里夫妇感谢吴吉的忠诚，每日配药酒前来问候，而实际上吴吉一点儿事都没有，所有病症都是装出来的。别的仆人一旦有对吴吉夫妇不恭顺的言谈，姜千里的妻子一定会斥责他

们道:"吴吉媳妇不先去照顾自己的丈夫,反而先救我的丈夫,这多难得!更何况,一般女人怎会愿意把一个男子背在背上呢?"不听别的仆人之言,更加宠信厚待他们。姜千里痊愈后,唯恐外人讥笑自己怯弱,只好对此事不外传。从此以后,吴吉平日出入,腰间资钱充厚,再加上自己在姜家特殊的地位,就更没有人敢管了。

第二年,姜千里将要外出,随行仆从只带吴吉和另外两个童仆,携带的大批财物也都交给吴吉照管,十分放心信任。主仆一行走了大约二日的路程,来到荒郊野外,行旅绝踪。姜千里心里有些害怕,把吴吉招呼到跟前说:"前方路途险恶,我们快点赶路,争取在日落前走过去。"吴吉笑着说:"主人您现在怎么变得这样怯弱?我熟悉这条道路,根本没有强人出没,即使有的话,又怎能抵挡得了主人您和我的拳脚呢?"姜千里听后十分高兴,于是便缓慢前行。这时夕阳西下,天色暗下来,四周草丛里突然响起哨音。姜千里惊吓得四顾巡视,只见数十个强盗从周围蜂拥而至,一律身着紧身衣,头带宽边的竹帽。他们走到近前,对姜千里说:"姜骥,你今天路经此地,所带金银都要借我一用。否则,你就会成为案几之肉!"姜千里听后大怒,就从腰间拿下弓箭,准备射过去,刚刚搭好箭,忽然飞来一支利箭正中左臂,钻心疼痛。姜千里自己的弓和箭被击落到地上,没有机会下马拾起来。众强盗见后,欢欣鼓舞,逼得更近了。姜千里回头想喊吴吉帮助，却见吴吉手握弓弦骑马而至，对众强盗喊着："大哥们只管坐享其成，我可为了这宗买卖，受尽了辛苦。"此时，姜千里才醒悟过来，自己原来中了贼人的奸计，心内悔恨不已，但力单行孤，不能抵御众人，只好暗中丢弃行囊，打马飞身逃去。贼人知道姜千里骑术高超，不能赶上，就向其背后射箭，射中了好几支。姜千里忍痛急驰远去，贼人就掠走了所有财物和两个童仆。

姜千里打马落荒而逃，行了十几里地。他的胯下马也受了重伤，经过长时间的奔跑，再也承受不住了，一下子倒在路旁。姜千里被摔下坐骑，身上的伤口愈加溃烂，竟然昏厥不省人事。正在迷迷糊糊的时候，忽然听到远处响起马蹄声，姜千里想，这回不能逃生了。等到这声音近了，才发现是位身着朝服的官人和随行的几个仆人。这位官人看到姜千里倒在路旁，就询问身旁的仆人。仆人回答说："他是姜孝廉，被强盗打劫，死在这里。"官人说道："姜孝廉的阳禄未绝，还不能让他现在死去。"说完，从怀里取出一种丸药，交给身边的仆人，仆人走过去，用手拔掉姜千里身上的箭头，又撕开他的衣服，把丸药掰开，和着唾沫，敷在箭伤处，大声喊道："本城的城隍爷让你转回阳间。"说完，官人和随行仆人离开了。

姜千里听到喊叫声后，一下子清醒过来，背部只是有些轻微的疼痛，好像只是被针扎了几下。他抬头看看天，已是半夜时分，便起身整理好衣服，踉跄步行而去。在茫然中走了几里，远远看见前面有隐约的灯光，猜想一定有人家，心里有了希望，脚步不由加快了。走到跟前，才发现是几间茅屋，屋内人语纷杂，其中有个声音非常像吴吉媳妇的说话声。只听那女人道："他的媳妇不听我的话，我已经将她杀掉了，瞧，她的头还在这匣子里呢。……你们为什么不把姜骥杀掉呢？要知道，一日纵敌，数年之患。"姜千里此时可以确切地知道，这里正是仇家的住地。他想到自己的妻子无辜死去，不由得义愤填胸，也顾不得太多了，摸出腰间仅存的宝剑，拿在手中，叩打茅屋的大门，喊道："贼人欺我太甚！"强盗一时愕然，刚想逃开，又想到姜千里只不过孤军奋战，就群起围攻他。姜千里杀了一个贼人之后，体力渐渐不支，被迫弃剑而走。众强盗见天色犹黑，不便追赶，就返回茅屋。姜千里独自奔命而逃，偶经一排篱笆围着的院落，好像灯火在房内未曾熄灭，就喘息不定地上前叩响了房门。房内有人问道："外面是贼人吗？天色已晚，我的宝剑也要休息了。"姜千里觉得问话很奇怪，就带着申诉的口吻说道："我在途中遇上强盗，身负重伤，但求暂借一席之地，不是小偷。"里面又有声音传出："我一向不害怕小事的麻烦。既然在危急中相投，我理应容纳你。"说完，有人轻轻打开房门，原来是位十七八岁的俊美少女，请姜千里入内。姜千里环视屋里摆设，墙上挂的是獐鹿一类的兽皮，屋当中有几张桌子、几把椅子，可以看出这只是个简朴的猎户之家罢了。姜千里询问女子的姓氏，女子回答说："我们家姓顾，我小字阿惜。我的母亲外出未归，我就在家里等她，所以到深夜还没就寝。"接着，女子反问姜千里说："看您的外貌，像个活人；看您的后背，却像个刚刚剥了皮的猪。您受了这么重的箭伤，怎么还能复生呢？"姜千里只好惭愧地讲述了自己的经历。女子面露愠色，说道："不杀了这群狗强盗，真是不为世理所容。"姜千里十分敬佩女子的胆识。女子又问起姜千里原来是做什么的，姜千里说，是武举人出身。女子大笑着说："你凭武艺登上科举之路，怎么现在又怯懦到这种地步呢？我本想现在就去惩罚那群强盗，替你报仇，发泄一下内心的愤怒。但我的母亲恰巧不在家，没得到她的允许，我是不便妄自行动的。你的伤势太重，就请先在这里休息一晚吧，我到别的屋子里等候母亲归来。"说完，转身离开了这间屋子。

姜千里极度疲倦，竟然不知不觉昏睡到第二天中午，等到醒来的时候，忽然听到院子里有人说："阿惜儿，快来剥虎皮。"接着，就见一身材强壮的妇人推门而入，看见屋内竟然是姜千里，大惊失色。姜千里知道自己一定引起了她的怀疑，立即从床上起身，把背转过去让她看，又把自己的经历讲述了一遍。妇人听后，脸色才缓和下来。姜千里偷偷打量她，年纪四十多岁，外貌魁伟，不像女流之辈。最奇怪的是，她的眼睛睫毛特别长，和一般人的一点儿不一样。姜千里跟随妇人来到院子里，见院内果然有一只血迹斑斑的死虎，她的女儿阿惜正在那里剥虎皮。妇人告诉阿惜，这是她在西北山中，半夜里抓住的。姜千里看到这里非常震惊，西北山离此百里，挟带死虎回到此地该有多么大膂力，又想到自己大仇未报，孤立无援，就想求助于这个妇人，因而用言试探她说："您在这里长年居住，虽然没有什么好担忧的，但是也颇寂寞。如果肯迁居的话，我家倒有祖辈传下来的茅舍，还可屈就二位居住，衣食都由我承担，难道不比跋山涉水的强吗？"妇人微微一笑说："你不说这话，我也有意要这样做的。今天早晨，我看见你躺卧在床，原以为是谁家轻薄小儿，引诱我家女儿，所以十分生气。等到看见你的后背，一切误会便都消除了。我家女儿年幼不懂事，又不会做家务活，我不得已早出晚归。现在我想把她许配给你，我也可以此后逍遥自在些，不知你是否肯容纳她？"姜千里听到妇人谈起婚事，不由得涕泪横流，面容惨淡地说道："我本不该推辞的，只因我的内人坚贞不屈，被贼人所杀，死了还不到三天，我怎么忍心再次谈婚论嫁呢？"妇人听后默然，过了一会儿，又说道："你误会我的意思了。你的内人还活在人世，你为什么说这些不吉利的话呢？"姜千里坚持说，自己听到贼人所说杀害娇妻一事。妇人说道："好吧。你暂且先回去，如果你的妻子死了，我就不送这小妮子到你家去了。"她的女儿阿惜听了,愤愤然说道:"母亲,您别再唠叨个没完了,我喜欢和您在一起生活,为什么一定要跟随这样一个男子,和别人争夺床笫之欢呢?"妇人听后,厉声责备她,她才不再说话。姜千里半信半疑,就勉强以女婿的身份给妇人见礼。妇人为姜千里取过新衣,让他穿上,又为他烹制虎肉。吃完之后,妇人再次叮嘱姜千里说:"你先回去吧,你的妻子如果没死的话,我的女儿不久也会去的。"

姜千里越发迷惑不解,对妇人又行了一次大礼,就急忙向家里赶去,一天一夜就回到了家,脚踵都走裂了,出了很多血。等到他走进院门,看到家仆们举止如常,突然见到主人回来,反而吓了一跳。姜千里急忙抓住一个仆人问道:"女主人在屋里吗?"仆人回答说:"在那里。"姜千里还是不相信,等到进入后宅,又询问一个丫鬟,丫鬟也回答说:"在内室里。"姜千里急忙赶进内室,看见的是妻子和阿惜姑娘两人坐在床上,促膝而谈。两人一见姜千里回来,一同站起身来。他的妻子对姜千里说道:"新人刚到,我就知夫君你马上会平安返回的。路途中所经的事情,真可谓喜忧参半呀!"这时候,姜千里才相信山中妇人所说的话,就趁势问道:"家里还平安无事吧?"他的妻子就把家里的情况仔细向他陈述。原来他的妻子身边有个贴身丫鬟,早已许配给姜千里手下的一个仆人。又因为这个丫鬟是主子的亲信,所

以他的妻子就把掌管家中大小财物的权力交给她，又把房间的钥匙给她掌握。姜千里外出远行，他的妻子就让她和吴吉媳妇每日每夜守着。吴吉媳妇想诱骗这个丫鬟，两人合谋偷盗主人的财物，然后平分而逃遁他乡。这个丫鬟不愿意这样做，并且扬言要把这件事报告给主人，吴吉媳妇十分害怕，一气之下就杀了她，又从身上解下钥匙，席卷房内珍宝古玩，乘夜天黑逃了出去。等到第二天早晨，妻子早起招呼这个丫鬟，一连几声也没有人应答，出来一看，吴吉媳妇不见了，而自己的贴身丫鬟已倒在血泊之中，脑袋也不见了。妻子十分害怕，急忙报官，官府派人四处搜查，至今一点结果也没有。姜千里这才知道，自己所听到的，所谓"不从者"是自家丫鬟，而不是女主人，忙中听错，反而弄得啼笑皆非。

事情弄清楚之后，姜千里想马上报官，把自己路途遭遇详报上去，请求缉拿吴吉一伙强盗。阿惜却阻止道："官府的人怎么能了结这种事情呢？不如让我乔装打扮一番外出查访，不到半个月一定会有令人满意的结果。"姜千里知道阿惜肯定有超凡之术，也不劝阻什么。他的妻子听后却拦阻道："妹妹身体瘦弱，怎么能独自外出远行呢？况且今日就是个好日子，不如办过婚事后再远行，可以吗？"阿惜笑着说："我姑且留着清白之身，日后还好有个凭证。如果婚后再远行，我的名誉怎么能得到公平的对待呢？"这天夜晚，阿惜突然失踪了，姜千里四处查看，门窗都未曾启开过，家里仆婢也没有一个觉得有什么异常的。众人惶惑不安，只有姜千里对此坦然，他悄悄地问妻子阿惜到姜家来时的情形如何。妻子回答说："自从我的贴身丫鬟死后，家里仆婢人心不定，我束手无策，焦急万分；接着，又听说夫君你在外路遇恶人，吉凶未卜，我更加日夕挂念。昨天早晨，有母女二人来到我们家门前。其中那位妇人先把你和阿惜的婚事告诉我，然后，又详细地讲述了你外出的遭遇，并且说道：'你的丈夫马上就要回来了，我的女儿从此以后有劳你照顾。'说完后，独自离去。我实在不明白这番话有什么来头，正在恍惚之间，忽然看见你果真回到家里来了。"姜千里听后，也说自己觉得十分奇怪，或许阿惜也是如红线侠女一类的人吧？

　　五天之后，阿惜带着被掠走的两名童仆，背着两大包东西深夜回到家中，一进门就笑着说："侥幸抓住了那两个坏蛋。"说完，打开其中一个包裹，是吴吉和他的媳妇的首级，还有那个死去丫鬟的颅骨。姜千里惊奇地询问事情的经过。阿惜回答道："我女扮男装后，深夜从这里溜出去。找到贼人经常出没的地方，就编些谎话欺骗他们，得到信任后，加入了他们团伙。在和他们聊天中得知，他们并不是江湖大盗，是这乡里的无赖之徒，平常与你有些矛盾。只有吴吉和他媳妇是长年居住在济上的强盗，当地人深受其害，都叫吴

吉为'吴一雄'。姓马的娘子也凶暴异常，人们都称'马夜叉'。近期，因为官府搜捕的风声太紧，才离开济上那个地方，隐姓埋名到这里落脚。乡里无赖都归顺于他们，把平素对你的怨恨讲给他们两个人。于是，他们想出一条毒计，假装入姜家卖身为佣，实则是搞内应，所以你才会深受其害。我了解到这些情况之后，却始终没有遇到吴吉和马夜叉。于是，我拔出宝剑，讲明自己身份，威胁这帮无赖供出吴吉和马夜叉居住的地方。否则的话，宝剑可没长眼睛。这群无赖本来没有什么功夫，只是仗着吴吉两人才敢和姜家作对。他们看到自身难保，十分害怕，就叩头求饶，还派其中一个人领着我到吴吉和马夜叉所居住之处，我跟着来到一座坟堆附近，看见吴吉、马夜叉和两名童仆正在高兴地吃喝。我跳出去，将两人杀掉，又回身一剑，刺死了为我做'向导'的无赖。当我又要用剑去杀两名童仆时，两名童仆哭着向我解释说自己是姜家的仆人，我这才把他两人一同带了回来。"

两名童仆把打斗情形转述给众人，众人张口结舌，实在佩服不已，不由得争抢着围过来，仔细打量阿惜的模样。其虽有闺阁之秀，但确实又有大丈夫的雄姿，没有一个人不惊叹不已的。阿惜又打开一个包裹，里面是珠宝玉器，不是自己家原有的藏物，就是两个强盗多年积累的不义之财。姜千里想把这件事上报官府，上交两名强盗的首级和姓名。阿惜说："不能让外人知道我的名字。"姜千里也不再坚持什么，就用两个强盗的头祭奠了死去的丫鬟和自己当初的那匹宝马。然后，又把两个强盗的头扔到厕所旁边说："这当便器正合适。"过了两天，有乡人报官，说在某村外发现无名尸体三具。官府还以为是强盗所为，却不知道死去的正是真正的强盗。姜千里挑选良辰，和阿惜完婚。到了洞房以后，阿惜笑着对姜千里说："当初若听从了姐姐的话，你今天晚上还能不对我的贞洁产生怀疑吗？"姜千里对阿惜的睿智十分佩服。

过了秋天之后，姜千里忽然想起阿惜的母亲久别后一直没有再见，就派人多方查访阿惜母亲的下落，却是杳无消息，私下询问阿惜，阿惜却笑着不答。几个月之后，偶然经过邻近的一座县城，打听到有位顾姓人家知晓此母女。姜千里就上门去询问，并一一告诉其这对母女的异人之处。顾姓人家听后，惊讶地说道："这位女子是我堂妹呀！从前我的伯父在山中狩猎，偶然遇到一位妇人，貌美体健，眼睫毛特别长。我的伯父十分喜欢她，就把她带回家，结为夫妻。一年以后，生下一个女孩儿，取名叫阿惜。后来因为亲族间闹纷纠，妇人很生气，就化作野熊，背着女儿离家出走了。算起来，阿惜现在也有十七岁了吧。你所遇到的母女二人，大概是她们吧？"姜千里听后，觉得十分吻合，就高兴地邀请这位姓顾的人到自己家中，和阿惜以兄妹之礼相见，阿惜也没有什么可拒绝的。自此以后，她才知道自己父亲的来历。

姜千里自从遭受了这几次大祸之后,心灰意懒,无意功名,不再关心别人的事情了。别人也都知道他的家里有一位剑仙,所以没有人再敢逞凶乡里。

蒋志善

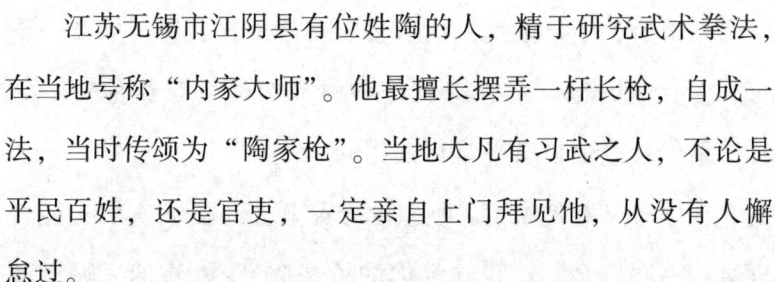

江苏无锡市江阴县有位姓陶的人，精于研究武术拳法，在当地号称"内家大师"。他最擅长摆弄一杆长枪，自成一法，当时传颂为"陶家枪"。当地大凡有习武之人，不论是平民百姓，还是官吏，一定亲自上门拜见他，从没有人懈怠过。

但是，新来的无锡守备蒋志善却偏偏不上陶家大门，这使得姓陶的人大为生气，就盛气凌人地到蒋志善那里兴师问罪。他看见蒋志善身体健壮，身材高大，断定其必是习武之人，心里略存胆怯之气，便没有像临来之前那样轻狂发怒，只是轻微地表示一下自己的不满。等到他回家之后，忽又听门房来报，说蒋志善登门求见。这位姓陶的人虽然疑惑不解，但仍请蒋志善到家里来坐。蒋志善进入内屋，坐定之后，拱手说道："我素闻陶家枪法精妙，平庸之辈不敢苛求一教，但能观看一番就心满意足了。"

姓陶的人平常总以枪法自负，就得意扬扬地拿出长枪，在蒋志善面前舞弄起来。蒋志善看过以后，对他说道："你的枪法确实凶猛无敌，但可惜的是这枪杆的质量不好，稍微多用些力气，就会被折断的。"姓陶的人不信这话，坚持说，这枪杆是用上好的木头制成的，怎么可能承受不住外力呢？蒋志善也不多说话，只是拿过他手中的长枪，握住枪杆轻轻一用力，枪杆就被折断了，然后笑着说："你看我说得对不对？我收藏了很多枪，好像还从没有过这样不经用的。"姓陶的人听后，十分惭愧，请求蒋志善带他去公署，欣赏一下蒋志善收藏的枪。蒋志善就把他领到公署，拿给他一一细看，果然胜过他自己平常喜欢用的。

蒋志善又对他说道："这些枪看上去还挺结实的，能否再给我一次机会，让我欣赏你的枪法呢？"姓陶的人哪里敢推辞，只好使出平生招数舞动长枪，呼呼作声。蒋志善在一旁斜着眼睛看了很久，然后才制止他说："你使枪不是用来刺人的吧？"姓陶的人听后，十分害怕，说道："我的雕虫小技虽然不足为外人讲，但是天下哪有练枪不是用来刺人的道理呢？"蒋志善听后，指着自己的胸脯说道："你要是不相信的话，就用枪来刺我吧！"姓陶的人非常生气，说道："你是自己寻死吗？"蒋志善又用言语来激他，说："我相信你的枪肯定不能刺到我。"姓陶的人越发生气，拖枪倒退十几步，远远地挥舞枪向蒋志善扎过来，直刺向蒋志善的胸部，蒋志善急忙解下头巾一挡，头巾就缠住了枪尖，不能脱开。蒋志善趁势向后一拉，姓陶的人拿不住枪杆，一下子把枪掉在地上。他不知不觉就伏拜在蒋志善脚下，说道："希望您也给我以指教。"蒋志善扶起他，叫人端来一盆水让他拿着，说道："看到我舞枪动作越来越快的时候，就用盆向我身上泼水。"说完，拿过长枪舞动起来，但见寒光闪闪化为一圈白光，光圈直径有大约五丈那么宽，晃得姓陶这个人不能张大眼睛细看。他向蒋志善身上泼水，水却向相反的方向淋下来，弄了自己一身。蒋志善由于用枪保护着自己，反而没有淋上一滴水。

还有一次，有位表演拳术的江湖艺人在崇安寺占了一片场地，招引观众围上来看。崇安寺是当地的古迹，寺院里的人想把他赶走，但又不会拳脚，只好去请蒋志善。蒋志善换上一件很普通的衣服，悄悄地走到崇安寺那里，在一旁偷偷地观看这位艺人的表演，发现这位艺人的拳脚颇为厉害，害怕自己不能力胜于他，就返回公署，取来长枪，在马上挥舞一番，借以威吓于他。等到第二天一早，那位艺人就远遁他乡了。